Escrevo seu nome no arroz

F☀S F☀R☀

CAETANO ROMÃO

Escrevo seu nome no arroz

*E a terra plena de mugidos
terrivelmente contramuge, e a cena
ia além do que alguém consegue olhar*

Hipólito, Eurípides*

*E lá da curva da estrada
Eu vi meu mano acenar*

Bença Mãe, Luiz Gonzaga
na voz de Dominguinhos

* Trad. de Trajano Vieira. São Paulo: Editora 34, 2015.

MAMÃE QUANDO MORREU pediu para ser enterrada de bruços. A saia coberta de pulgas trancava seu vulto de nunca mais. Descadeirada, mamãe se pensava da família das madeiras. Queria ser rente, maciça, um toco de pau. Como mamãe era brusca. Desconhecia as próprias fibras. Ela lá esticada, papuda. O queixo pronto para toda sorte de devorações com pose ela mesma de devorada. Acho até que alargava a boca, a gengiva fincada no barro mole com um tremendo apetite: mamãe sorri como nada entre gengibres e argilas. Felizarda. Parece até que viu passarinho. Parece que virou presunto, a mamãe.

MEU MANO DESLIGA O MOTOR da caminhonete e começa a dobrar um cigarro. Me vigia sentado no banco do motorista. Lá fora, eu continuo abraçado na terra vermelhuda. Barriga para baixo, braço em cruz. Ali como estava, não seria difícil me abotoar contra o chão. É quase meio-dia. O sol castiga minha nuca e faz crescer a água dos meus sovacos. Não me rendo.

Percebo que meu mano está impaciente. Ele batuca com o punho fechado no volante. Então rastejo com os cotovelos mais para um canto. Vejo abóboras rachadas, formigas bitelas, capim nenhum. Tão secas as abóboras, tão furadas. O cavado até sugere dois olhinhos sentidos. Olhinhos que passarinho se zangou e veio bicar. E uma boca arrombada. Temo que as abóboras estejam bocejando para mim. Aquilo me desmonta: andar vendo degola nos legumes. Diz que esse é meu problema. Bobagem. Nunca vi um crânio cochilar.

Vamos? Ouço meu mano me apressar.

Ele resmunga e desce do carro pisando forte. Anda até um pé de mamona e desamarra a braguilha. Tudo em meu mano é pescoçudo, até o cano de suas botinas. Só escuto o barulho do mijo espancando a terra. Ali, como estava, meu mano devia se sentir um monumento. O cigarro preso entre os dentes, as mãos apoiadas na cintura e as pernas abertas um pouco mais que a linha dos ombros. Os bagos para fora. As mamonas, tal qual os testículos, fazendo jus à sua aspereza. Meu mano almirante. Meu mano equilátero. Mijando sobre o pasto seco, o olhar tão pobre de terra à vista. Meu mano, esse era ele.

Então aperto a orelha contra a terra. No começo é difícil distinguir. Ela tem um bucho barulhento, muitos trânsitos. Às vezes parece que algo está prestes a arrebentar. Outras parece apenas um pigarro. Acho que deve ter catarro na garganta do chão. Eu fecho os olhos. Escuto chiados. Me ocorre falar assim como um doutor: diga trinta e três. Mas não é assim que a banda toca. O fato é que passando por toda essa fermentação, pelos sons empedrados, cascalhada, movediço, é possível escutar. Tudo que enguiça de repente é voz.

Levanto a cabeça sobressaltado. Meu mano me olha como se não me visse. E então? Ele interroga. Eu ainda meio muvucado respondo: a te-te-rra, ela está che-cheia de murmurações.

Meu mano não esboça surpresa. Estala a língua em reprovação, deixando cair brasa na sua barbicha. Ele solta um palavrão e joga a bituca no mijo. A bituca chia. Meu mano fala com firmeza:

Vamos embora. A terra está deslavada.

MEU MANO E EU NOS REVEZAMOS sobre o colo de mamãe para ver se o coração já tinha encerrado mesmo seus serviços. Primeiro ele. Pousou a orelha sobre a teta esquerda e foi apressado. Depois eu, que me larguei ali uns bons minutos. O coração de mamãe já não usava tamancos. Simão ainda foi prudente e estendeu o indicador debaixo de seu nariz, roçando aquele buço ralo. Nada. Mamãe parecia satisfeita, muito morta. Nenhum de nós teve peito para descer o dedo nas suas pálpebras. Aquela visão estava estragando a gente. Não é direito os mortos se manterem tão esbugalhados. Então me ocorreu ir até a cozinha. Voltei de lá com uma colher de sopa e meu mano entendeu na hora. Fechamos primeiro a esquerda e depois a direita. Segurando juntos o cabo da colher como se cortássemos um bolo de noivos. Simão soltou rápido e escondeu a mão nos bolsos. Depois, a colher ficou inútil, na minha mão. Decidimos que não teria cabimento devolvê-la pra gaveta. Melhor seria dar um fim nela, quem sabe enterrá-la debaixo de algum formigueiro.

SUBO NA CAMINHONETE e Simão dá a partida. Os pneus começam a chorar no barro e eu torço para não atolar. Ele força a marcha a ré e de repente tudo em nós empina. Meu mano está cabreiro. Não quer saber que raios eu escutei quando deitei o ouvido na terra. Ele põe óculos escuros e se sente um americano. Simão, seu jeans, seu cinto de fivela. Vamos mudos o caminho inteiro e a campina se arreganhando no horizonte. Aqui a estrada é fina, as folhas de cana entram por dentro da janela estapeando o vidro. Quando o mato abaixa, os morros surgem no longe. Os tratores maquinando. A encosta rasgada como as rugas que circulam um cotovelo. Simão me estende chicletes, eu faço que não. Tem um mês que enterramos mamãe. Desde então, comecei a perceber sotaques vindos da lama.

MAMÃE ESTAVA COM AS PÁLPEBRAS DEITADAS. Isso já era meio caminho andado. Então arregaçamos as mangas. Meu mano foi segurando pelas munhecas e eu pelos calcanhares.

Paramos em frente à caminhonete. Simão decidiu que ela iria no banco da frente. Colocamos mamãe sentada e eu prendi o cinto de segurança para que não fosse tombada durante o caminho. Se bem que isso só adiantou em partes: o pescoço ficou capenga, caindo de um lado para o outro conforme a roda passava pelos buracos. A cada solavanco parecia que a cabeça assentia. Mamãe não se cansava de dizer sim. Já eu fui na carroceria. Meu mano olhando a estrada que vinha e eu olhando a estrada que foi. De vez em quando nossos olhares se esbarravam sem querer no retrovisor.

NÃO LEMBRO SE A IDEIA de levar as mexericas foi minha ou dele. Mas foi o que deu para levar. Não encontramos flores pelo caminho. Na verdade, não nos esforçamos o suficiente para isso. Os gerânios que mamãe tinha apreço: nada. O girassol que ela dizia ser uma flor sonsa: nem rastro. Então apanhamos as frutas. Meu mano e eu esticamos cada um a barra da própria camisa e tacamos lá dentro. O pano se afundava em uma sacola farta. Parecíamos dois gravidinhos.

Só quando parei diante do buraco e vi o corpo dela me ocorreu a questão: Simão, mas você acha que a gente descasca antes? Não que ele se importasse com essas coisas, mas acabou aceitando a ideia de repartir em gominhos. Assim pareceria uma coisa sorridente.

Distribuí os gomos pelo corpo todo de mamãe. Ela mais parada que uma poça, com o rosto afundado na terra. Já conseguia ver suas bochechas cobertas de caramujos. O buraco foi cavado do lado do brejo e lá no fim de tarde os bichos abrem a maior cantoria. Mamãe rodeada de mosca como uma quitanda inteira.

Eu já estava encardido. Tinha vindo enfeitado, os botões da camisa fechados até o talo. Agora as galochas emporcalhadas, a mão fedendo fruta. Quando vim ver mamãe, desejava estar com penteado feito. Passei banha e reparti as franjas pro lado. O rosto escovado. Simão não. Meu mano chega com a cara mal-dormida. Está que parece um bife de fígado. Veio de chinelos.

QUANDO CHEGAMOS À CIDADE, meu mano fala que precisa abastecer o tanque. Vamos até o Posto Maravilha e ele pede cinquenta de gasolina. Você vai descer também? Digo que não e vejo ele sumindo na conveniência atrás de uns engradados. Meu mano não sabe viver sem chicletes. Ponho a cabeça para fora do vidro e grito que me traga um refrigerante. Sinto que nessas minha garganta comeu muita poeira. A gente do posto olha pra mim. Tra-traz um gua-gua-ra-ná. Minha voz dobrada de nascença. Quando falo, me sinto assim como alguém que não é destro nem canhoto.

O cheiro de combustível sobe, me deixando mareado. Fico lembrando as vozes debaixo da terra, sua conversação de seiva e ossada. O importante é supor os buracos sem se render ao desejo de cavoucá-los. Aí elas se botam tagarelas. Vêm cheias de assunto. Têm opiniões fortíssimas. Muita personalidade. Acredito que se sintam à vontade na minha presença, que tenham se amigado com minhas orelhas.

Vejo Simão do lado de dentro da loja. Ele puxa do bolso várias notas e paga a conta.

O ENTERRO DE MAMÃE junto ao escarcéu dos grilos. A tarde começava a ficar parda e levantava frio sobre nossas canelas. A gente devia dizer alguma coisa, falar alguma palavra bonita, Simão arriscou por cima do meu ombro. Eu bem que queria, mas tive medo de que minha boca pudesse provocar algum desastre. Sou gago.

Então a prece ficou a cargo de meu mano. Cotovelei de leve sua anca e ele entendeu. Ficou mastigando o queixo, meio desconcertado. Daí começou a esfregar uma palma na outra e abusou das reticências. Mãe, mamãe. Amém. Adeus. Amém. Ele soltou o ar finalmente como se subisse do fundo de uma água. Fitei seu rosto com um sorriso que dizia: você se saiu muito bem. Mas ele olhou para o lado. Vi que suas orelhas estavam ardendo.

QUEBRAMOS A ÚLTIMA CURVA e estamos quase em casa. Daqui já reconheço nossos tijolos. A uns cinquenta passos da cerca, fica plantada a Figueira dos Afogados. É uma árvore de tronco severo e de raízes muito pronunciadas. Ela estica seus ranços, despenca figos graúdos, faz cabelo parecer capim. No galho mais grosso, um pneu fica balançando com um mal de gravata. Sempre que passamos por ela durante a noite, peço para Simão baixar os faróis.

ÉRAMOS EU, MEU MANO e o buraco estendido. Depois da sua reza magra ficamos os dois meio tronchos, sem saber se aquilo era o bastante. O escuro já estava firme e Simão olhou as horas no horizonte. Sem abrir a boca, apontou as duas enxadas em um canto. Eu receava que esse momento chegasse cedo demais ou tarde demais. Já ele não vacilou: começou a puxar arranhando o chão. Imitei. Tomava cuidado para não arrastar junto algum formigueiro. Os montinhos iam caindo em cima de mamãe formando um edredom grosso. Até aquele momento, jamais imaginei que a terra fosse coisa tão peluda.

CHEGO EM CASA e ainda tenho meia lata de guaraná. Preferi ficar pensativo roendo o canudo. Simão vai direto tomar uma chuveirada. Quando sai do banheiro, está de barba feita. Com o tempo entendi uma coisa sobre ele. Quando se sente amedrontado, faz a barba. Na verdade, acho que apara todos os pelos do corpo. Mas jamais confessaria isso para mim. Comigo ele se faz do tipo valente. Acredito que existe alguma relação entre a tremedeira constante nas suas mãos e os vestígios de pentelhos na pia. Com ele a gagueira desaguou no lugar errado. Cada qual com seu cada qual.

DEPOIS QUE MEU MANO e eu terminamos de tapar o buraco, nos pusemos agachados. Ficou um mais calado que o outro. O brejo arrebentando a alguns metros de nós. Eu media aquele amontoado de terra pensando que ainda faltava algo. Simão olhava pro alto estudando se ia chover. Então lembrei como faziam nos filmes. Sempre terminavam cobrindo a cova com um tijolo ou coisa do tipo. Não havia nenhuma pedra por perto, mas o que dava para fazer era pelo menos deixar a terra escrita. Sabia que era hábito botar alguma frase cumpridora. Andei até o monte e afofei a terra dando umas palmadas. Meu mano me mediu com os olhos. Como aquela terra era boa para compor. Nem molenga, nem dura. Era carnuda feito um caderno novo. Me dava um graveto e eu saía por aí fazendo vastos desenhos. Mas me concentrei só nas palavras que ia escolher, evitando os verbos. Mamãe tinha pavor de verbos. Chupei o dedo indicador e afundei traçando a terra. Resolvi um dito para ela, todo em letra de fôrma:

FILHA DA MÃE
MÃE DOS FILHOS

Achei que Simão ia me repreender, dizer que ficou parecendo um xingamento ou que eu tenho letra de menina. Mas ele apenas sussurrou: chegando em casa, é bom você cortar a unha.

É HORA DA JANTA, chamo meu mano. O óleo dá estalos e tomo o maior susto quando quebro a casca na frigideira: um ovo de duas gemas. Bem, a sorte agora deve estar conosco. Os quiabos murchando na outra panela, o feijão preto. Cada um senta em uma ponta e se dedica à própria refeição como se, na verdade, estivéssemos cuidando de nossa higiene. Simão espreme uma pimenta no prato, come como um possesso. Até aí não há nada de diferente. O ventilador ligado para cima apaziguando os mosquitos, a geladeira roncando, os guardanapos babados. Mas conforme arranho o garfo na louça, percebo que a lâmpada começa a ficar perturbada. Não sei explicar. Falta a palavra exata. Não é bem um defeito. É mais como se a lâmpada estivesse doente. A luz engorda espalhando um amarelo encardido por toda a cozinha. E depois se põe acanhada. Meu mano fica boquiaberto com o garfo parado na altura do rosto e arrebita os olhos. Solta os talheres sobre o prato como quem diz raivoso que perdeu o apetite e sai para o quarto arrastando os chinelos. Continuo sentado. Furo a gema que me coube e misturo, empapando o arroz da cor daquela luz inchada.

MEU MANO ACORDA CEDO e diz que tem assuntos para resolver na cidade. Digo que leve algo para forrar o estômago. Meio contrariado, vejo ele pegar um punhado de amendoim da cuia e enfiar no bolso. Sai pela porta fumando.

De repente, uma manhã só para mim. Fico como se tivesse ouro nas mãos. Então me entrego a fazer aquilo que mais me alegra: lavar a casa. Não sei se Simão me despreza por isso. Mas descubro coisas valiosas quando reviro as quinas e as dobras da mobília.

Começo sempre do mesmo jeito, batendo com a ponta da vassoura no teto para estorvar os gambás que vivem na nossa água-furtada. Carrego baldes, panos, rodos. Passo peroba nas tábuas. Arranho a gordura dos azulejos. Esfrego vinagre nas cuecas minhas e de meu mano. A dele sempre com as bordas mais frouxas. Estendo nossas meias para secar atrás da geladeira. E enquanto passo a flanela molhada pelas vidraças, a palma bem aberta deslizando de um lado para o outro, me sinto acenando para uma presença. Quanto adeus em uma munheca, quanto olá.

ALÔ. Foi o que eu disse da primeira vez que deitei a cabeça na terra. Imediatamente me senti um imprestável. Meu mano já não botava muita fé. Espremendo um palito entre os dentes, perguntava se, além de gago, eu tinha ficado doido. Insisti ainda mais na orelha: alô, quem fa-fala? Arrisquei três soquinhos que não serviram para nada. O chão estava limpo de pronúncias.

Chega dessa palhaçada. Simão deu as costas e entrou em casa como se ver aquilo tivesse custado caro demais para os seus olhos.

A vergonha que eu passei, então. Ainda há pouco, podia jurar ter ouvido uns tantos cochichos. Agora não sabia o que fazer com tamanha vistoria. Comecei a botar meu juízo à prova. Talvez meu mano estivesse mesmo coberto de razão. Levantei daquela grama, a testa salpicada de folhas secas, um completo esfarrapado varando os corredores de casa para se trancar com o pensamento machucado nos metros estreitos do banheiro. Basta, pensava enquanto batia os galhos pendurados nas minhas mechas. Cheio de decisão, peguei um cotonete em cada mão e comecei a cavoucar a cera. Vinham suspiros, a nuca torcida de delícia aflita: desentupir o que quer que fosse que me comprometia a escuta. Depois desenterrei os palitos. Estendi lado a lado, comparando a cor que vinha nas pontas.

LAVO TODOS OS CÔMODOS, menos o quarto de mamãe. Meu mano não admitiu que nenhum de nós mexesse nas suas tralhas. Quando ele sai demorado, deslizo como uma raposa ali para dentro e fico só observando. Parece cinema. Mamãe, suas pomadas, seu ventilador de chão, suas tamancas. Mamãe, seus alicates, suas palavras cruzadas, seus algodões. No centro da penteadeira, um frasco de esmalte chamado Hoje Eu Só Volto Amanhã ainda na metade. Passo a mão pela cama desfeita, os lençóis colecionando rugas. Do lado da cabeceira, a mesinha onde ela deixava dois copos d'água. Um de beber. Outro para descansar a dentadura. A dentadura continua lá, inclusive, deitada no fundo do vidro feito uma ostra afogada. Que dó que dá. Uns dentes tão calados, se arreganhando assim pra gente. Que dó que dá. Um dente que não diz.

MEU MANO CHEGA. Ele é desses que se atrasam na volta. Ouço as rodas levantarem os cascalhos da entrada. O farol alto recorta o lado de dentro da sala. Não entendo por que ele parou o carro ali em frente. Simão assobia e eu vou apressado. Vem, quero te mostrar uma coisa. Ele abaixa o tampo da caminhonete e ficamos os dois parados no escuro. Lá dentro, uma caixa de papelão só um pouco menor que meu abraço. Meu mano está que não cabe em si. Sua pupila ganha um brilho estranho no relento. Vejo que tem até vontade de sorrir, mas isso é difícil para ele. O sorriso de Simão costuma ser mais reto que uma faca. Você não vai abrir? Ele incentiva. Bom, po-pode deixar. A caixa chacoalha com irritação, parece até que eu disse algo errado. Quando aproximo o rosto, consigo ver então uns quantos buracos no tampo. Um ga-ga-gato, um gato-to-to, digo com espanto. No fundo da caixa a bola branquela me encarando com dois olhinhos ferozes, envenenados. Meu mano segue na euforia. Traz argumentos, um gato angorá de primeira. Mas onde foi que você arrumou isso? Eu pergunto meio receoso. Ele então desconversa. Fala dos amigos, o pôquer, o tudo ou nada, como a sorte sorriu para ele, uma bagatela. Sei o que Simão está tentando fazer. Sei que não é à toa isso de botar um bicho para dentro de casa. Ele, assim como eu, já ouviu falar da fama. Como os gatos se lambem e acham lagartixas no reboco. Como ficam encarando as paredes, os bigodes concentrados para o nada. Mas e se os gambás derem um pega nele? Simão diz que eu não me preocupe com nada, já está tudo arranjado. Sei que não é à toa. Torce para que os bigodes tragam bondosos presságios.

ANTES DE DORMIR, vivo pensando no quarto de mamãe. Repasso seus objetos, memorizo os contornos e quantias. Acho que saber algo de cor molda o caráter de uma pessoa. O que quer que seja. Por isso, trago aquele quarto na ponta da língua. Se acaso algum desconhecido esbarrasse em mim e perguntasse: e então? Eu poderia recitar frascos, cabides, fronhas, uma infinidade de bugigangas. O que mais me pega são as cruzadinhas abertas sobre a cama, que mamãe foi incapaz de completar. Tanto que, durante a noite, olho para o teto imaginando o quadriculado e fico cismado em achar os nomes que faltam:

Fictício, seis letras:

A nota C (Mús.): D-Ó

São vinte quatro em um dia, cinco letras: H-O-R-A-S

Doença, três letras: M-A-L?

Transpirar, quatro letras: S-U-O-R... S-U-A-R

Pau da bandeira, seis letras: M-A-S-T-R-O

Tolo, seis letras:

Limitar, restringir, sete letras (Fig.):

Desacerto, quatro letras:

Cardápio, cinco letras: M-E-N-U...

Árvore de marcenaria, quatro letras:

Que não tem valor, quatro letras:

Dar o seu palpite, seis letras: O-P-I-N-A-R

Sofrer de, três letras:

Assinatura, cinco letras: F-I-R-M-A

A camada muscular do coração, nove letras:

Ataúde, seis letras: E-S-Q-U-I-F...

O sono me dobra e as letras começam a embaralhar. Então reinicio a contagem até me render de vez. Fictício, tolo, desacerto. Lembro que uma vez meu mano fez uma piada que mamãe achou de mau gosto. Ele disse: taí, você gosta tanto de palavras cruzadas que até fez um filho gago. Mamãe levou para o coração e deu um tapa na sua boca. O anel abriu um corte no lábio de cima. Fictício, tolo, desacerto. Pelo menos nisso, ser gago não me prejudica. Quando penso comigo, a sílaba não vem engastalhada.

VOU APANHAR LIMÃO e quase caio duro.

Meu mano está com uma tosse que não sara. Eu até falei para ele maneirar, mas ele dá de ombros. Fuma como um condenado. Pois bem. Boto uma água no fogo e digo que vou fazer um chá curativo.

Saio para o quintal e já na esquina do limoeiro começo a escutar um ronco. Lá vamos nós, é o que penso imediatamente. Primeiro olho para a minha barriga e penso se estou com fome. É inútil. A gente sabe os barulhos de que a gente é dono. Depois encaro tronco, galho, limão. Já ouvi dizer que quando vem friaca a madeira fica zangada e se estala. Isso é verdade. Nunca me senti tão idêntico a um graveto como quando escuto meu mano andar pelo corredor puxando os dedos. Às vezes quando estamos no sofá ele diz: dá o pé, dá. E fica estudando meu dedão. Ele estica e eu suspiro de agonia. Parece que sofro de um soluço no osso.

O ronco não vem de mim, nem de nenhum outro caroço. A terra, ela está cheia de murmurações. Fico ofegando na noite, tentado a me estirar no chão e abrir o nó da orelha. Repetir uma vez mais essa pergunta tão empoeirada, essa pergunta sem verniz, essa pergunta maciça que os antigos sempre fizeram e os novatos sempre farão: quem está aí? Ao menos entender por que a terra se põe tão assuntada diante de mim. Quem está aí? A duras penas entendo o óbvio. E é preciso ombros largos para suportar o óbvio: a voz não ouve. A voz só diz. Cato três limões dos que estão no chão e volto para a cozinha. Quando chego na chaleira, vejo que toda a água já estava evaporada.

SOBRE A PENTEADEIRA DE MAMÃE também estão as estátuas dos três macaquinhos. Um tapa os olhos querendo não ver. O outro, os ouvidos, querendo não ouvir. O último a boca, se poupando de qualquer palavra. Simão é os três.

O GATO SE ADAPTOU À CASA sem grandes percalços. Passa horas atrás do botijão de gás e é mais dado às atividades noturnas. Não costuma miar, come com prazer o pão dormido e dispensa as mãos que procuram seu pelo. Os poucos momentos em que sinto sua aproximação são quando estou lavando verduras ou parado diante da pia escovando os dentes. Ele sobe na torneira e me encara sem pestanejar. Confesso que fico um tanto constrangido. A boca toda ensaboada, o queixo escorrendo menta. Acredito que no fundo ele está me censurando. Seu silêncio parece dizer: onde foi que você andou enfiando isso. Por isso acabei pegando o hábito de escovar os dentes de luz apagada.

Com Simão é um pouco diferente. Sinto que os dois são mais simétricos. Assistem televisão juntos pela madrugada adentro e o bicho convive bem com a fumaça do cigarro. Ele gosta de acompanhar as horas de lazer de meu mano. Principalmente seu passatempo favorito. Erguer castelos de cartas. Meu mano não anda sem seu baralho de estimação. É uma das raras situações em que a tremedeira de suas mãos some e elas adquirem inestimável firmeza. O gato acompanha cada movimento como um torcedor. Comemora quando ele termina mais uma camada e lamenta quando tudo vai por água abaixo. Não sei se já disse, mas Simão gosta de coisas empilhadas.

ANDO ME POLICIANDO para não alarmar meu mano, sobretudo agora que está deixando o bigode crescer. Mas tenho reparado em coisas.

Para começar, me deparei com um rastro de formigas assaltando um dos muitos cinzeiros que meu mano deixa espalhados pela casa. Sem nenhum desalinho, elas corriam o beiral da janela levando bitucas amassadas sobre o lombo. Não quis provocar nenhum tumulto, mas também não pude deixar de esboçar um suspiro de reprovação.

Depois, aconteceu de eu estar passando o rastelo no quintal. Enquanto juntava as folhas secas em um só monte, encontrei uma carta do baralho de meu mano perdida no meio dos gravetos. Era um dois de paus. A coisa é que Simão não desgruda nunca de seu maço. Sempre que abre o baralho, confere se os naipes estão inteiros. Guardei a carta comigo e resolvi não comentar. Não queria ver Simão se despelando por aí.

O que mais me intrigou, porém, foram algumas marcas que comecei a perceber na poeira enquanto agilizava as faxinas. Eram riscos fininhos, pretensiosos. Conforme aproximava o rosto desse minúsculo, me vinha a sensação de jamais ter visto nada parecido com aquilo antes e, ao mesmo tempo, conhecê-lo de nascença. Eram marcas cheias de dizeres. Sei que parece loucura, mas era como se o pó estivesse exigindo de mim uma leitura. Eu fiquei pasmo e sem dicionários. Seduzido por aquela vertigem. Sabia que estava diante de uma decisão feroz: se eu começasse mesmo a dar fé naquelas letras, nunca mais ficaria em paz. Tudo passaria a ser insuportavelmente legível. Um perdido, diriam falando de mim. Os olhos errados enxergando letras nas camisas amarrotadas de meu mano, nos pés de galinha do seu rosto, no rastro das formigas dentro do açucareiro, no couro enrugado dos limões, nos nomes que o azeite escreve na água, nos desenhos que os cupins fazem nas tábuas, nas cascas abertas das cebolas, na fumaça que sai do escapamento, na maneira como os pelos grudam no sabão.

A pressão caiu e sentei ofegante na cadeira me sentindo uma dona. Minha enxaqueca ardia e me ocorreu agarrar aspirinas. Olhei para a vassoura como se implorasse socorro. Verborrágica, a sujeira compunha na casa a sua própria caligrafia. Veja só que tipo eu era. Vendo bibliotecas na boca do lixo. Mas que culpa eu tinha se as linhas se punham tão vulgares, oferecidas? Comecei a blasfemar, mas isso só porque no fundo estava morrendo de medo, que nada era mais obsceno do que uma coisa escrita. Fiz tripas coração, bati três vezes na madeira, varri tudo de olhos fechados, crente de que um alfabeto é rasgo que jamais cicatriza.

EU DURMO NO BELICHE DE BAIXO, Simão dorme no de cima. Seu sono costuma ser intranquilo e faz ranger bastante a madeira. Eu não ligo. Hoje vi que ele acordou com o pé esquerdo e logo se enfiou debaixo da Figueira. Ele vai lá para ficar fumando e dar umas bicudas no pneu. Deve ter sonhado coisas. E tem sonho que é assim, na base do provou e não gostou. Dia como esse, cato seus travesseiros e dou umas boas palmadas. Depois troco toda a roupa de cama. Sonho ruim tem mania de ficar engastalhado na fronha. Faço sem pedir permissão, que se eu pedir é pior. O dia que Simão quiser se abrir para narrar os fatos sonhados, acabou para mim. Seria um milagre de não sei quantos quilos.

É DIA DE FEIRA, vamos à cidade. Peço para pegar o volante e Simão deixa, meio contrariado. Repasso de cabeça a lista da feira e dou a partida. Ainda não é chegada a estação das águas, então as rodas levantam muita poeira. Adeuzão, vejo a paisagem sumindo na minha nuca. A estradinha também é bem capenga, cheia de tocos que castigam o para-choque. Se a lataria arranhar, faço você limpar com a língua, Simão me avisa. Por isso vou de segunda e nas descidas vou na banguela.

Pela beira se veem muitos buracos de tatu. Acho uma graça. Vontade de enfiar o braço inteiro ali dentro, ver até onde vai dar. Quando era criança, mamãe dizia que se cavasse um buraco bem fundo dava para chegar no Japão. Hoje isso é irônico, não é? Mamãe, seus metros rasos.

Dali daqui são vinte minutos. Ensaio alguma distração. Liga-ga-ga o rádio, proponho, e meu mano sintoniza uma estação. Está tocando uma música que fala algo sobre esperar a semana inteira. Abro um sorriso, conheço bem esse sentimento. Até Simão se rende um pouco e balança a cabeça no ritmo. O vidro abaixado ventando na cara dele. Seus óculos de gringo, o cigarro vermelho: Simão é lindo.

O caminho por si só é uma maravilha. Dá tanta coisa a ver. Uma leitoa imensa, recém-parida, e um punhado de cria chupando suas tetas. Uma bicicleta largada no baldio, ossuda como uma pessoa. Vejo, ainda, fraldas e urubus. Uma vaca sem a orelha esquerda. Uma antena parabólica, um guarda-chuva só com a armação. Pelas rachaduras de um bidê a erva daninha alastrando. Coisas dessa laia. Que a terra cospe fora, regurgita.

CHEGAMOS EM CASA CARREGADOS. Compramos os assuntos da comida e meu mano cedeu a alguns dos meus caprichos. Queria porque queria uma vassoura nova. Escolhi a mais linda, uma de cabo listrado em verde e amarelo. Vai ficar uma beleza junto com as outras. Já quase prontos para ir embora, porém, notei uma banca nova ao lado do vendedor de milho. Dois cavaletes plantados e um senhorzinho bocejava ao pé de uma placa: escrevo seu nome no arroz. Fiquei besta com aquela proeza. Simão terminava de pagar um brinquedinho de gato e eu fui lá de conversa. Viramos amigos. O velho se vangloriava que não foi ninguém que o ensinou, não. Escrevia no arroz desde os catorze anos. Disse até que uma vez conseguiu escrever mais de vinte nomes. A escalação da seleção na época. Supliquei que meu mano comprasse um para mim. Ele bufou, mas tirou umas notas da carteira. Eu inclusive sugeri que ele também levasse um com Simão escrito, mas nessa hora o senhor abriu uma gargalhada e disse que um nome pequeno desses era moleza. Meu mano fechou a cara. Vamos levar só um mesmo, falou como se cuspisse. O caminho de volta inteiro levei o arroz fechado na minha palma com zelo excessivo. Me sentia segurando um filhote ferido. A partir de agora teria que tomar muito cuidado para não cozinhá-lo por engano junto com os outros.

MEU MANO ESTÁ NA BOCA DO FOGÃO esquentando uma faca. Há três dias que se morde por causa de um bicho-de-pé. Cheguei a sugerir que escaldasse com certas folhas, mas ele já estava arranhando essa ideia. Pobre meu mano, suas tosses, suas coceiras. Andou pisando descalço essa terra deslavada, como ele gosta de dizer, e agora fica colecionando sarna. Me ofereço no que puder ajudar e ele pede para eu apanhar a garrafa de cachaça. Despeja sobre o ferro pelando, encharca bem, depois vira uma golada farta pra dentro da goela. Antes de começar, suspira com os olhos fechados como se fosse iniciar uma reza. Ele dá a primeira pontada e morde as costas da mão irado. Eu digo calma lá e busco um pano de prato que ele abocanha imediatamente. Me parte o coração ver ele se remoendo. Mas meu mano tem culhões, como gosta de dizer. Ele cavouca como as britadeiras no pé da serra e o bicho vai saindo longamente. Um bigato nascido e criado. É fascinante que meu mano estivesse tão povoado. Logo ele.

NO QUINTAL, Simão esfrega a caminhonete e eu descasco uma vara de cana. Pelejo com meu canivetinho, o ferro quase cego, mas consigo arrancar um bom naco. Mal começo a mastigar aquele bagaço, o suco correndo meu pescoço todo, e um som agudo de repente corta a paisagem. Meu mano abaixa a mangueira e olha para mim. Pensa que finalmente aprendi a assoviar. Até que enfim, vejo meu mano se coçando para dizer. Mas quando repara que estou todo lambuzado, a bochecha estufada, a boca cheia de fibra mascada, quando se dá conta de que eu não podia ter feito nenhum barulho, ele treme igual vara verde. Nessa ânsia que não desespera, aperta o cabo da mangueira com mais força. Quer manter a compostura, não dar bandeira de seu apavoro. Conheço meu mano, conheço ele. Só que esse prodígio é novidade até mesmo para mim. Tenho escutado murmúrio, sussurro, gemido. Agora assobio, nunca. Pelo jeito, a terra anda mais cheia de fôlego.

Estendo o pau de cana apontando para a terra. Com o gesto, quero dizer que isso não tem nada a ver comigo, não olha assim para mim. Outro som sobe do chão. Agora mais cascudo. Meu mano balbucia, a água da mangueira cai em seus sapatos e ele nem se dá conta. Acho que finalmente começou a entender meu ponto. A contragosto ele pede: faz lá o teu negócio.

De bom grado me estendo entre as moitas. Uma vez mais, os sons vêm beijar meu ouvido. Dessa vez, elas vêm à tona mais rápidas: vozes pacatas, fanhas, coléricas, algumas professorais, afinadas, outras cheias de exclamações. Sem levantar o pescoço digo: vi-vi-viu, elas estão dizendo. Meu mano franze a testa e retruca: mas dizendo o quê? A mangueira jorrando, uma poça barrenta alarga ao redor de meu mano.

Dizendo, oras. Dizer não necessariamente é dizer alguma coisa.

É QUE MEU MANO tinha ficado de me ensinar a assoviar. Assim o som correria na distância e poderíamos nos chamar sem apelar para os berros. Tenho falhado miseravelmente. Me falta embocadura e meu sopro é magricelo. Não que Simão seja impaciente. Ele tem lá sua pedagogia. Um tanto chucra, é verdade. Mas ainda assim, uma pedagogia. Resmunga, balança a cabeça em reprovação. Ele diz: é assim, ó, me imita. Não sei se vamos chegar tão longe.

Em outra ocasião, ele quis confiar a mim todas as espécies de nó que sabia. Simão é um fazedor de nós nato. Não pode ver nada de amarrar na sua frente que fica agitado, com água na boca. Ficava embevecido com os cadarços, o fio dental. Cresci vendo Simão muito atento aos novelos e carretéis. Um varal estendido sobre seus olhos é uma promessa em carne viva, tantas voltas e dobraduras possíveis. Ele não se aguenta.

Esse é o Nó Boca de Lobo, bom para pendurar uma peça ou um animal, ele diz comovido, estendendo a corda para mim. Esse é o Nó Celta, esse é o Nó de Moringa. E explica que é bom para suspender algo pelo gargalo. E também o Nó Prússico, o Nó Volta do Fiel, o Nó de Pinha, o Nó Namoradeiro, o Nó de

Batizado, o Nó Mentiroso, o Nó dos Nove Triângulos, o Nó Dentuço, o Nó de Forca.

Era tão caprichoso o nó que fechava o saco de pão de fôrma que às vezes eu desistia de comer. Uma vez chegou a amarrar uma linha de pesca entre a maçaneta e um dente de leite que bambeava na minha gengiva. Boas-vindas, ele disse escancarando a porta.

Comecei, então, a fantasiar meu mano nas amarrações mais ousadas. Enlaçando o macarrão cozido ou os próprios cabelos, caso fossem compridos. Esse dom talvez tenha vindo de nascença, no tempo ainda da barriga. Acho que Simão deve ter chegado ao mundo enroscado no cordão do umbigo. Só pode ser isso. Teve de aprender o desembaraço muito cedo e tomou gosto. Já eu não levava o menor jeito. Quando tentava me ensinar algo básico como o Nó da Pitanga ou o Nó Pavlov, eu rapidamente esquecia tudo e começava a enfeitar. Sempre que uma corda caiu na minha mão acabou virando trança. Nó nunca. Meu mano não gosta desse amadorismo. Engraçado que essa também é uma ocasião em que suas palmas não vacilam. Nenhuma tremedeira assalta seus dedos. Deve ser mais tolerável ter mãos quando as estamos usando.

RETORNO À SOLEIRA do quarto de mamãe mais uma vez, Simão demora no banho. Só quero dar uma espiada, então começo botando o olho na fechadura. A sensação é desconfortável. Sempre imagino os cílios enroscando nos ferrinhos ou até mesmo que uma chave virá espetando a retina. Essa ideia me soa terrível. Ficar cego e destrancado de uma só vez. Pois bem. Agacho até a metade, coloco as duas mãos sobre a madeira para segurar o peso e vou inclinando a cabeça. Conforme aproximo o rosto, regulo as pálpebras: uma bem arregalada e a outra dormida. Há um corredor inteiro de sombras naqueles centímetros. Quando finalmente encaixo o olho na parte mais larga do buraco, percebo uma coisa incomum. Um contorno vai se fazendo e então sinto um pânico fulminante. Vejo uma pupila bitela, um outro olho, muito desperto e olhante, na ponta inversa da fechadura, cravado direto em mim.

É MENTIRA O QUE ACABO DE DIZER. Na verdade, o que vi foi a mesma moldura de sempre recortando o quarto: os pés da cama e ao fundo um cabide vazio pendurado na maçaneta do armário. Mas aquele cenário, o ferrolho estreito, a luz da tarde chupada entre as cortinas, o cabide parado e sem musculatura me produziram tal efeito que é como se tivesse sido assim. Me deu um dó, um súbito, do tipo: olha só, eu que vim ver, fui visto.

NA LAVANDERIA, aperto alguns pregadores de roupa na ponta dos dedos e saio para o quintal com o cesto de roupa limpa. O sol está de rachar e o vento me desarruma. Começo pelo lençol, que não para quieto. Parece uma bandeira ansiosa. Esse é o meu pedido de trégua, penso cá com meus botões. Depois fecho o zíper das calças, encerro os colarinhos, junto as meias pelos pares, verifico se os sovacos não estão azedos, alinho as tiras das cuecas, penduro as palmilhas. Deixo tudo um brinco. Quando termino, dou alguns passos para trás e fico mirando. Posso até dizer que sinto certo orgulho, como se aquela penca de roupa estendida fosse uma obra-prima. Mas o que sinto mesmo é uma espécie de demora. Não sei bem. É uma felicidade magoada. Não sei bem. Eu me sinto um antiguinho.

De repente, aquela rouparia parece ganhar tanto caráter. Tanta gana, tanta fibra. As mangas da camisa desmunhecando, as bermudas demonstrando pernas inteiras no vazado. Elas gesticulam, espalham trejeitos entre o cheiro de sabão de coco e os fios descosturados nas barras. E também fofocam, delatam. Trazem a boa nova dos piolhos na capa das almofadas, dizem do catarro exprimido nas golas, os odores fortes nas ceroulas, os colchões com corrimentos, as salivas. As salivas! Se reparar bem, há sempre alguma animação nas roupas. Algum metabolismo. E isso me põe antigo, antiguinho. Acho que vou caducando. Meu varal de panos penados. Ficando eu mesmo aos trapos e farrapos, tecido mole estabanado no vendaval, vontade de me pregar pelos punhos me igualando. Mas logo me recomponho. Recomponha-se, rapaz, digo para mim mesmo. Seus ossos não precisam de cabide. Ora.

SIMÃO FICOU ENFEZADO COMIGO ESSA NOITE. Diz que acordou de hora em hora com o ventilador esvoaçando na cara dele. É que faz mais frio no beliche de cima. Agora vai ficar o dia inteiro assoando o nariz. Diz que esticava o braço até o interruptor e desligava, mas quando acordava, lá estavam as pás girando de novo. Me acusou de ficar disputando com ele a noite inteira. Por mais que me preocupe em manter ele sadio, não ia admitir aquela calúnia. Protestei que havia dormido igual uma pedra, que eu também era friorento, que inclusive dormia de meias. Não sei se ele ficou convencido. A gagueira também não inspira lá muita confiança. Deu o assunto por encerrado e saiu para fumar em volta da Figueira. Está lá até agora. Atirando pedras pro alto tentando derrubar uns figos só de zanga.

HOJE ME DESENTENDI COM O GATO. Estamos em pé de guerra. Ele cisma em deitar por onde passo a vassoura. Fui dar um chispa e ele azunhou minhas canelas. Depois saiu correndo para se esconder na cozinha, o bandido. Desde que Simão inventou de trazer ele, a limpeza tem sido muito mais custosa. Seus pelos se alastram por toda parte. Invadem as torneiras, o estofado. Além disso, não sei se é possível dizer que sua presença tenha surtido algum efeito nos eventos recentes da casa. Nessas horas, me dá uma saudade da Amarela. Seu pelo pretinho, sua cara lambida. Amarela era animal de verdade. Já esse aí é um verdadeiro desmancha-prazeres. Precisamos falar sobre o gato. É um assunto que tenho de tratar com meu mano.

ESTOU PARADO DIANTE DO BURACO DE MAMÃE. Vim de mansinho. Meu mano não topou, disse que ainda haveria muita ocasião para isso. Eu vim. Sem queixa ou ganido. A lamúria não é muito do nosso feitio. Só achei que seria de bom-tom não perder o fio da meada. Hoje o dia é uma data. E olha que eu sou ruim nisso. Às vezes parece que meses são uns farelos de maisena no meu colo. Nem me importo. Às vezes parece que dobro as semanas como se dobrasse uma esquina. Às vezes, um ano ou dez e parece que fui ali na feira comprar batatas. Eu considero mais os minutos. Sou um grande fã dos minutos.

Arranco uns trevos que crescem em cima do montinho. Me pergunto se algum pé de mexerica quer brotar sobre o buraco de mamãe. Eu não deixo, não. Trouxe até uma flanela para tirar os torrões de cima da terra. Ai, meu mano, se soubesse como sou dedicado. Trouxe até um vidro de água-de-colônia para borrifar o chão barrento. Deixar tudo asseado. O capricho é tanto que parece até que estou pondo a mesa. Porque, ao menor descuido, ao jeito dos desatentos, assim em um vapt-vupt, e de repente os minutos têm cabelos brancos. Digo isso por mim, que tenho acompanhado o tamanho das unhas de meu mano como quem consulta um calendário. É certo: o sábado ama o domingo que ama a segunda-feira que não ama ninguém, aquela desalmada. O bolor ama o pão, os mosquitos se amam sobre as frutas prestes de podres.

Hoje é meu aniversário. Sinto que tenho, em vez de uma idade, um horário.

CANSEI DE BURACO, diz meu mano puxando as cartas para si com os dois braços. São onze da noite, a TV ligada percorre mal nossos rostos, já estamos jantados. Sei o que vem logo a seguir e lamento por isso. No pôquer, sou um desastre.

Simão manda eu catar o pote de amendoim e começa a embaralhar as cartas. Começamos com um cacife baixo. Vinte grãos para cada um. Como sou principiante, estamos proibidos de abusar nas apostas. Meu mano jura que já viu de tudo. Gente que apostava as meias que nem usava, o fogão, o dedo mindinho.

O gato sobe em uma cadeira e nos olha como se esperasse a sua remessa. Abusado como é, talvez até se saísse bem. Meu mano discorda. Diz que bicho não blefa. Eu tenho cá minhas dúvidas.

A televisão está sem volume. Na tela, um homem mascarado promete mágicas de cair o queixo. Cada um espia a própria mão e depois deixa as cartas viradas. Simão coloca cinco amendoins no centro da mesa, me fitando com olhos de agiotagem. Confirmo mais uma vez minhas cartas, faço cálculos com a língua para fora. Decido dobrar a aposta. Os três olham a TV ao mesmo tempo. Diante do auditório, o mágico deita uma mulher inteira dentro de um caixote.

Mal ponho dez amendoins no bolo e Simão dispara uma gargalhada. Queria ver ele sempre assim, tão triunfante. Olho de volta para a televisão acuado. A mulher fica deitada só com a cabeça para fora. Está com um sorriso de orelha a orelha, uma pateta. Meu mano cobre o lance. Na outra ponta da caixa, a mulher fica esperneando suavemente. Os pés batendo no ar como se não calçasse salto agulha, mas pés de pato. Aquilo me embrulha o estômago. Acho que estou dando bandeira e meu mano percebe. Os pigarros fingidos, o beliscão na pelinha entre os dedos. O carteado é realmente uma aventura dos gestos. Até a gota de suor correndo na minha têmpora parece contar as mentiras mais deslavadas.

Sei também que o gato está torcendo contra. E esse é o tipo de torcedor mais dedicado. Abaixamos as cartas: uma trinca de damas e meu mano recolhe para si todas as fichas. Chega a ter a ousadia de mastigar um amendoim na minha frente. Preciso correr atrás do prejuízo, penso enquanto vejo o mago tirar um longo serrote do casaco. Ele exibe para a plateia, que aprova batendo palmas.

Novas cartas. Esboçar mais firmeza. Deixo as sobrancelhas arqueadas para que meu mano veja bem, para que suponha coisas. A diferença entre nós é esta: enquanto eu finjo não ter o que tenho, Simão finge ter o que não tem. Fora isso, nossos trejeitos estranhamente se igualam.

Ele fica espalhafatoso, quer mostrar para mim que mastiga de boca aberta. Faz um lance de nove amendoins e dá uns tapinhas nas orelhas do gato. É uma cilada, mas eu não tenho escolha. Entrego os amendoins de bandeja. O mágico chama sua assistente, que segura o serrote na outra extremidade. Uma palpitação me vem forte. Não sei por que diabos a mulher insiste em sorrir. Talvez ela seja só uma desavisada. Simão atira as cartas com força na mesa. Depois passa cuspe e gruda na testa. Berra, brinda. Levou a melhor outra vez.

Agora tenho apenas um amendoim. Não me restam muitos projetos. Simão embaralha novamente enquanto a mulher partida ao meio passeia pelo palco. Duas caixas com rodas no calço. Vejo minha mão. Uma alegria boçal me invade. Sinto um sorriso querendo fatiar meu rosto. Boto meu último grão e espero meu mano reagir. Ele olha o amendoim, olha a sua mão, de novo para o amendoim. E vem para cima de mim com uma tremenda deslealdade. Pega sua cuia inteira e bota para jogo. Me sinto um apunhalado. Sabe que eu não tenho meios por onde. Então é o fim, deve ser isso.

Mas uma ideia me estala de súbito. Digo: pe-pera e saio correndo para o quarto. Quando volto, abro meu punho na sua frente dizendo: isso deve dar conta do recado.

Simão esbugalha os olhos. Fica parado, encarando o grão de arroz com meu nome. Pensa muito, com pose de mercador medindo a barganha. Arranha a garganta, coça os cabelos do queixo. Aceita. No fundo, deve sentir que está levando alguma vantagem. Azar o meu, pôr o nome a varejo. Enquanto isso, as duas caixas voltam ao lugar, a mulher, seu sorriso de plástico. O mágico cobre tudo com um pano de veludo. Simão abaixa as cartas, depois eu. O mago abre a caixa para avaliar os estragos. Nenhuma guerra.

A PORTA DORMIU ABERTA. Meu mano ficou ressabiado. Foi à cidade comprar ferrolhos novos. Quer trocar o segredo de todas as trancas. Se dependesse dele, já estaria cobrindo as janelas com tábuas. Até que combina: meu mano, o martelo na mão, segurando uma fileira de pregos com os lábios, toda inclinação à marcenaria. Antes de sair, determinou que a partir de agora daremos duas voltas completas com as chaves. Concordei balançando a cabeça. Mas tenho comigo que isso não vai adiantar muito. É da natureza das portas serem corridas.

Digo isso por mim, que muitas vezes me vi agachado rente às soleiras daqui de casa. Se alguém chegasse, pensaria que eu estava rezando. Me esgueirava pelos corredores descalço, velha raposa. Dava orelhada naquela madeira cascuda. Ia caçando os sons, sentindo uma boataria crescer. Os banhos de assento de mamãe, a água respingando da bacia, o ventilador exausto. Eu seguia. A tosse de meu mano vindo morrer naquele maciço, estremecendo os cupins nos ninhos. Havia vezes em que eu apanhava um copo de vidro na cozinha e encaixava contra o ouvido. Tudo ganhava um corpo mais desenhado. Tamancos bicudos, gavetas latejando. A respiração ofegante de meu mano no banho, o apito das panelas, as molas do colchão de mamãe choramingando a noite inteira. Era eu? Aquele medindo com a própria testa uma febre que pertencia à madeira? Acho que minha danação vem daí. Quando recuava a cabeça, me via subitamente cara a cara com uma maçaneta. Tantos formatos conheci. Ovaladas, alavancas, espigas. Não vou nem dizer das espigas. Encarava e escondia rapidamente as mãos nos bolsos. Eu tinha covardia demais para isso. Por mais que soubesse que uma porta sem maçaneta tem um nome que se chama parede e que uma porta assim é uma porta doente. Eu não atrevia. Tinha muita covardia mesmo.

Até hoje, quando eu escuto meu mano chegar tarde da noite, de olhos fechados, fingindo que estou dormindo, acompanho a porta abrir esganiçada, sua voz de taquara, sua voz de gato sob pauladas, sua voz de alfinete, a porta doendo em cada centímetro, até hoje, quando sei que meu mano passa uma vez mais pela porta e escala o beliche, se atirando no colchão sem nem tirar os sapatos, o estrado da cama miando, eu sonso, eu nas várias vigílias, até hoje, quando a silhueta mirrada de meu mano acontece no umbral do quarto e a madeira canta ardida, até hoje, sinto uma dor de maçaneta no lugar do umbigo.

NA VARANDA, Simão roía uma asinha de frango. Depois que mordiscou por todos os ângulos, atirou o osso na terra e entrou limpando os dedos na calça. Na pia, eu arranhava um garfo na assadeira, tentando desgrudar as partes queimadas. O som de ferro contra ferro me dava nos nervos. Escolhi deixar a gordura descansando e fechei a torneira. Na mesma hora, pude escutar vindo lá de fora uns latidos chorosos, um queixume. Olhei para o gato em cima da mesa, que empinou todos os pelos. É curioso. Essas bandas não costumam ser frequentadas por muitos bichos. A não ser Amarela, é claro. Mas isso já faz tempo.

JÁ FAZ TEMPO. Amarela, seu pelo pretinho, todo comido de bicheira. Tinha a régua das costelas marcada e era feliz. Lambia tudo, principalmente a terra massuda. Debaixo da mesa, passava a língua no dedão do meu pé querendo agrado. E eu catava um bolo mastigado da minha própria boca e dava para ela comer. Não bastava. Amarela saía correndo para lamber e rolar na poeira, linguaruda que era. Diz que a terra daqui tem o gosto de sal pegado. Ela aproveitava.

Aproveitava tanto que um dia morreu. Até hoje não sei explicar o ocorrido: uma sacola de caco de vidro que ficou largada do lado de fora, ou algo assim, e Amarela inventou de mascar. Horas depois, a cadela estava mugindo. Minha primeira reação foi pensar que tinha esquecido o liquidificador ligado. Logo, eu vi. Ela deitada encolhida debaixo do tanque com uma tosse de motor empenado. Amarela mugia. Gritei para Simão acudir e ele veio. Os dois pajeando o corpo. Suas pálpebras em um sofredor até ficarem igual os olhos dos peixes sobre a bancada da feira.

Simão saiu rosnando, acusando tudo. Maldisse o mundo em imensas quilometragens. Já eu fiquei choramingando. Me ocorreu tentar alguma proeza. Dizer: levanta-te e late. Mas minha garganta estava trancada em uma cãibra. Que anzol que nada. O que mais me doía era levar como lembrança o seu mugido. Saber que, no seu último fim, a minha cadela fez o som que era da vaca. Isso sim era devastador. Amarela variou enquanto encerrava e passei a imaginar que morrer era isso: dizer os sons que não são nossos.

O MEU CASO FOI BEM DIFERENTE. Assim que dei os primeiros sinais de gagueira, mamãe passou a esfregar açúcar nos meus beiços. Eu bem lembro. Ela salpicando a mão em uma bacia rasa e depois afundando os dedos molhados dentro do açucareiro. Coçava os grãos na minha boca, ensaboava. Foram umas boas semanas assim. No fundo, devo ter me sentido um sortudo. O que seria de mim se, pelo contrário, ela empunhasse o saleiro? Bochechas esturricadas, bolhas arrebentando na carninha murcha dos lábios. Ainda bem. O açúcar era de maior amansamento. Ele é. Mamãe tão refinada. Ainda assim, não serviu para sarar as minhas sílabas.

MAL COMEÇA A ESCURECER e já fico plantado na porta de casa. Estou que não caibo em mim. Vesti minha camisa favorita e fiz laços que nunca havia feito nos cadarços. Até Simão se botou engomado. Quando entra no carro, vejo que bafora na concha da mão conferindo o hálito. Não é para menos. Tem Festa do Ferro na cidade.

Ele dá umas voltas ao redor da praça caçando onde estacionar. Umas caminhonetes parrudas subindo a guia competem com uns carrinhos de isopor. Simão buzina para um cachorro magrelo sair do caminho e o bicho fica encarando os faróis sem se mexer. Pelos vidros, vou reconhecendo as paisagens pelas quais tenho apreço: pipocas murchando sobre os canteiros, gente esmagando latas de cerveja na pisada, vendedores de controle remoto, charretes com mulas sonolentas e o corredor interminável de barracas de lona. Panelas, medalhinhas, arames. Tudo de ferro batido, trabalhado. Até um par de sapatos juro que vi uma vez. Meu mano sempre diz que é exagero.

Uns rapazes passam na frente do carro batucando o capô e dando gargalhadas. Vejo sair fumaça das orelhas de meu mano. Todos os anos é a mesma coisa: um mundaréu que vem até a cidade para comprar talheres ou assistir à Orquestra de Lata. Gente de depois da pedreira, gente de depois do pedágio. Gente que vem às vezes só para espiar com o rabo do olho e se torcer de inveja. Que sabe que a Festa do Figo ou a Festa da Cebola nada podem contra a nossa.

No coração da praça, a tenda principal, com suas cadeiras de boteco e luz cega de farmácia. Uma faixa escrita FERRO JÁ BERROU com os nomes dos patrocínios fica querendo se despregar no fundo do palco. Deve ser a hora dos discursos, pois ali está apinhado de gente. Uma moça baixinha entrega um trofeuzinho em formato de britadeira e um vaso com um girassol de plástico para um senhor careca. O povo se cobre de cotoveladas. O careca pega o microfone e dá uns tapinhas nele, testando. No mesmo instante, todos apertam as duas mãos contra os ouvidos para abafar algum zumbido. Meu mano não está nem aí. Fica rosnando o pé no acelerador e rangendo seu chiclete.

CHEGAMOS EM CASA e vou apressado buscar um bife cru na geladeira. Dou para Simão colocar sobre o olho roxo. Não teve jeito: hoje a encrenca encontrou meu mano.

A festa estava tremenda. Assim que descemos, pedi para passear pelas barracas das frigideiras. Elas eram tão belas, penduradas aos montes uma depois da outra. Acho que alguém menos habituado confundiria com um saldão de espelhos. Imagina. Gente segurando o cabo para cima e se mirando. Gente vidrada se perdendo ali dentro. Não eu. Sei que uma frigideira é algo que não deve vir jamais na direção do rosto. Por isso me dá tanta aflição quando meu mano chega já de noite e fica vasculhando as coisas postas sobre o fogão. Levanta as tampas, enfia a fuça muito rente, avaliando os cheiros da minha comida. Digo isso porque esse pensamento, visto agora, parecia que antecipava o ocorrido: uma frigideira seduzindo, chamando o rosto.

Pouco mais adiante estavam os brinquedos. Nada me distraiu muito. Coisas de artilheiros e pontarias. Nos outros anos até houve concursos de quem cuspia mais longe ou devorava a maior quantidade de pimentas. Gosto mais do bingo e das senhoras. Uma vez fui campeão e ganhei uma cesta com três pares de meias e um tablete de manteiga.

Já meu mano foi se provar em um jogo de força. Arregaçou as mangas, deu uma escarrada em cada palma e agarrou com as duas mãos uma marreta de ferro. Ele até deu uns passos para trás quando jogou o peso para as costas. Tinha que dar uma martelada com vigor e ver até onde uma bola de ferro subia. Deixei ele lá e fui comprar um milho.

Um mi-mi-milho verde. Pedi para a moça estendendo uma notinha. Ela mesma nem fez caso disso e foi espetar uma espiga na água. Foram dois grandalhões que cravaram a atenção em mim. Abriram a maior zombaria. Ficaram repetindo, fazendo gestos, comentando o jeito que eu mordia o milho. Eu quis rir junto para ver se vinha um alívio, mas quando mostrei os dentes cheios de fiapos eles caçoaram ainda mais. Depois foi uma passagem muito rápida. O azar costuma ter pernas longas. Simão já de longe veio pisando grosso. Em um instante catou a primeira bacia que viu, ou era uma panela, estou certo de que era uma frigideira, nem lembro, e deu uma pratada no rosto de um deles. A cabeça do moço abalou como um sino. Depois a gema talhou para o seu lado. Um agarrou ele por trás e outro ainda zonzo cravou o joelho no meio da sua virilha. Veio uma muqueta e meu mano no chão coberto de bicudas. Juntou muita gente em volta e a espiga foi escorrendo aos poucos da minha mão. Não minto: quando ela caiu no chão senti que deixava cair a coisa mais importante da minha fisionomia. Quando a plateia abriu caminho, Simão levantou por conta própria. Todo quebrado, cheio de não-me-toques.

Voltamos em silêncio o trajeto inteiro. Eu dirigindo e ele carrancudo com o rosto encostado no vidro.

Só chegando em casa percebi que havia esquecido a seta ligada o trajeto todo. Aqueles estalos secos pareciam sugerir que nossos dias estavam contados.

MEU MANO ESTÁ IMPOSSÍVEL. Anda fazendo coisas só para me encher de mágoa. Hoje, por exemplo, ficou recitando trava-línguas pela casa o dia inteiro. Quer contar suas vantagens. No fundo acho que o roxo lhe cobre de vergonha e esse é o jeito com que consegue lidar. Eu batia a roupa na lavanderia e Simão não parava de recitar o dito dos três pratos de trigo para três tigres tristes enquanto servia leite para o gato. Não sei se ele estava se referindo a nós. Por mais que tivesse vontade, não ousei arriscar eu mesmo. A frase, quando eu pensava, saía inteira, sem nenhuma rebarba. Mas se ousasse falar, seria uma lambança. Malvadeza, meu mano, me lembrando meus impossíveis. Espero que sare logo. Temo que a surra tenha lhe comprometido em algum fundamento.

ALGO GRAVÍSSIMO ACONTECEU. Pior que não posso trocar confidências com meu mano. Ele já anda por si só assombrado, irritadiço. Vai se desmontar de vez se souber.

Hoje fui fazer uma visita ao quarto de mamãe. Já fazia uns bons dias que não repassava minha vistoria. Na verdade, só queria dar uma espiada nas suas cruzadinhas, ver se me ocorria alguma pista. Quando passei pela porta, tudo estava conformado nos cantos de sempre. Os três macaquinhos se cobrindo cheios de tremeliques, o frasco de talco meio aberto, os chinelos revirados. Mas depois de alguns minutos, percebi que havia algo estranho. Olhei para a escrivaninha e no mesmo instante me arregalei inteiro: a dentadura havia desaparecido. Os dois copos d'água continuavam lá, intragáveis, mas dela nem rastro. Estou frito, pensei imediatamente. Comecei a revirar tudo. Procurei debaixo da cama e dos travesseiros. Abri as gavetas com muito cuidado. Até enfiei o dedo dentro do copo d'água para ver se não estava ficando doido. Só me faltava essa. Uma dentadura que saísse andando por aí. Já estava em um delírio suado, me imaginando pregar cartazes. Alguém viu passar por aqui? Ela era um tipo assim e assado, não era de muita conversa. Onde andará? É a pergunta que não quer calar.

ELA CANTAVA. Mas seria ruindade minha dizer que era desafinada? Quando começou, parei tudo o que estava fazendo e fui até o quintal ver de onde vinha a cantoria. Não deu para segurar os ouvidos por muitos segundos no chão. A voz era impraticável. Cantarolava como se apertasse um lábio contra o outro. Se esforçava pavorosamente nos agudos. Talvez a melodia falasse de coisas tristonhas como do mês de abril ou de um rancho aonde não vai ninguém nunca. Não dá para saber. Mas a voz insistia, tropeçando nas notas. Foi embalando, subindo o volume. Eu receava que a qualquer momento fossem se partir as vidraças. Talvez devesse socorrer os copos, abafando eles com panos de prato. Eu mesmo era todo um estilhaço. Sem entender por quê, tinha os olhos empapados. Aquela cantoria azucrinando e comovendo. Imaginando rachaduras, repassei mentalmente todos os furos que tinha no corpo. Me perguntava o que é que tristeza tinha a ver com feiura.

DIA DA VARREDURA DO BURACO DE MAMÃE. Não tenho tanto assunto quanto pensava. Depois de guardar o galão de água sanitária no carro, sentei do lado do montinho e me fiz de entediado. A princípio catei um graveto e, porque a terra ainda estava úmida, tentei travar contra mim mesmo duas ou três partidas de jogo da velha. Aquilo se mostrou tão complicado, exigindo tantas negociações e fingimentos, que acabei concordando em dar como empatado. Batendo a concha das mãos, vou afofando de novo a terra, apagando aqueles rascunhos. Olho minhas palmas rachadas de desinfetante e dessa vez me foge qualquer resumo da sua pessoa para traçar ali. Deu velha. Nenhuma palavra reparadora para mamãe, nenhum triunfo. Na próxima venho com o vocabulário mais amolado. Quem sabe trago algumas revistas, lhe recito umas palavras cruzadas.

MEU MANO TOSSIU SANGUE HOJE CEDO. Era um catarro clarinho, matutino, mas ainda assim fiquei alarmado. Meu mano ruim do peito, diz que traz isso do berço. A garganta com som de papel picotado. Mas também. Tem fumado igual um gambá. De uns tempos pra cá dobrou as quantias: onde há fumaça, há meu mano.

Chego ao fogão para improvisar mais um xarope. Ele sempre toma as medicinas que preparo. Acho até que aprova, apesar das caretas. Uso tudo que conheço e acrescento. Pimenta preta e talo de gengibre. A água vai levantando fervura. Mas hoje a situação pede mais. Ela pede um voto de fé. Faço tripas coração e arrisco um palpite seguro. Sem pensar duas vezes, cato uma faquinha serrilhada e tiro fora a principal mecha da minha franja. Então solto o tufo de cabelo ali dentro, junto às cascas de laranja cada vez mais desbotadas. Se meu mano soubesse que me meti a curandeiro, talvez cuspisse estufando a bochecha, talvez o chá saísse engasgado pelo nariz. Mas esse é o maior gesto que pude. A água coada em uma peneirinha. Espero que o suco de meus cabelos possa remediar os estorvos que andam acometendo meu mano.

ACORDEI NO MEIO DA NOITE com a vontade desbocada de um copo d'água. É um acontecimento raro, esse. Achei que poderia aguentar até a virada do dia, mas acabei me rendendo. Descobri meus chinelos no escuro e fui me arrastando zonzo para a cozinha. As pálpebras chumbadas e os braços estendidos apalpando aquele breu pontiagudo. A cabra-cega dos mortos-de--sede sempre topando com as quinas da mobília. Se alcançasse algum interruptor, a luz viria igual um tapa e talvez eu perdesse de vez o sono. Preferi me poupar. Poucas vezes na vida me vi assim, caçando canecas no escuro. Não sou como Simão, que bebe água direto da torneira. Ele enfia o pescoço, vira o queixo sem beijar. Parece um potro desmamado. Também não queria parar no quarto de mamãe por engano. Ao menor descuido, eu levantando o copo errado da minha sede.

Vasculhei o armário e encontrei uma xícara de asa quebrada. Resolvi que queria água fria. Ao abrir a geladeira me senti luminoso: eu fitava aluado as muçarelas, a metade de um limão empedrado na porta. As redondezas iam ganhando contorno. Cocei os olhos com os punhos e reconheci duas bananas-nanicas na fruteira da mesa. Eram bananas-nanicas imensas. Depois, sem fazer muito caso, olhei para trás e vi que o forno estava com a tampa abaixada. Dele saíam duas pernas. Eram panturrilhas generosas, isso logo se via. O engraçado é que elas calçavam tamancos. Ah, mamãe, é você, disse sem esboçar surpresa. Terminei o primeiro copo em dois goles, e o segundo em cinco. Por acaso a senhora não tem cabeceira? Pensando bem, é um pouco esquisito que eu tenha dito isso. Só conseguia vê-la da cintura para baixo. Talvez nem fosse ela. De toda maneira, espero que não tenha me levado a mal.

Guardei a garrafa do lado de uma bisnaga de massa de tomate e quando olhei de novo já não havia mais nenhuma figura. Só pelo hábito, decidi fechar o forno, confiar se as bocas estavam fechadas. Quando comecei a levantar a tampa, vi o gato escapulindo de lá de dentro. Ora, essa. Nem se safou direito e sumiu corredor adentro. Voltei para o meu estrado e peguei no sono com bastante velocidade. Ao acordar no dia seguinte, senti que levava nos olhos mais remelas que o costume.

ACABO DE VOLTAR DO OCULISTA. Que tremendo evento na vida, esse de passar a usar óculos. Quando saí do consultório encontrei a caminhonete vazia. Do outro lado da rua, Simão mastigava um sonho na frente da padaria. Tive medo de que ele não me reconhecesse mais e passasse reto por mim, que tivesse de me provar para ele contando coisas que só eu saberia. Mas ele logo acenou levando os dedos melados para o alto. Quatro olhos, murmurou quando chegou mais perto. Eram uns óculos fundo de garrafa, de aros grossos, que me deixavam parecendo um professor e ao mesmo tempo uma tartaruga.

A consulta foi longa. Na sala de espera, eu assistia a um programa sobre decoração de bolos na televisão. Depois fiquei contando as miçangas no pescoço da secretária, que batia uns papéis atrás do balcão. Queria provar para mim que eu não andava de mal a pior. Finalmente a doutora apareceu pela porta e estendeu a mão para mim. Muito prazer, sou a doutora Luz, vou tratar do seu caso, ela aponta para a lâmpada quando pronuncia o próprio nome. Acho aquilo muito instrutivo. Na verdade, me chamo Lúcia, mas é melhor assim, não? Ela abre uma gargalhada com dentes muito brancos. Respondo sem jeito. Ela logo atina da minha gagueira e fica um tempo em silêncio com um sorriso mal desenhado no rosto. Depois diz sussurrando: fascinante.

Já sentados, vejo que toda a salinha é decorada com a temática. Um olho do tamanho de uma bolinha de tênis fica balançando em uma mola. Também há um pêndulo com seis bolinhas que se empurram, todas pintadas com pupilas.

Vamos lá, o que te trouxe até aqui? Eu fico pensativo, sem saber por onde começar. Sou péssimo com começos. Ninguém chega até aqui por engano, ela estimula e depois solta uma gargalhada bocuda. Crio coragem, desembucho. Começo a falar dos garranchos, aquele mal de leitura, a enxaqueca de ver escritos nas lentilhas levantando fervura, saber profecias nas cebolas da quitanda. Ela escutava mordendo a ponta de um lápis sem anotar nada. Fascinante, ela fala como que para si mesma, seu defeito é fascinante. Acho um barato elogios assim, pela metade. Enfim, era isso doutora, eu tinha esse temperamento, uma coceira apegada em mim, as coisas se punham cheias de vultos, teimando em fazer sentidos. Mas fazer sentido é bom, não? É bom que faça sentido, ela pondera. Dessa vez sua gargalhada é mais curta. De fato. Levando assim ao pé da letra. De fato. O duro é que às vezes não é só o pé. Às vezes a perna da letra vem junto, o cangote, a cuca, tudo. Ela percebe que estou suando frio e enfia a mão em uma cristaleira cheia de balas de iogurte. Isso deve ajudar, diz com uma meiguice que tenta ser cumplicidade.

Em seguida, ela me examina bastante empenhada. Manda eu me arregalar e lança uma luz de lanterna lá dentro, aproxima lupas de muitos tamanhos, pinga colírios. Quantos dedos eu tenho aqui? A doutora pergunta estendendo a palma rente ao meu rosto. Fica variando os dedos que estão levantados. Depois devo pronunciar as letras em um cartaz a uns quantos metros de onde estou sentado. Elas vão ficando cada vez mais formiguentas e granuladas. Ela anota tudo em uma prancheta e, pelo modo como balança a cabeça, acho até que me saí bem.

Este cara vai ser seu novo amigo, doutora Luz volta para a salinha falando alto. Ela me estende uns óculos com bordas grossas. Depois discursa coisas gerais, me prescreve uma dieta de cenouras e diz para eu maneirar com os livros. Acho que ela não entendeu muito bem essa parte. Só temos palavras cruzadas em casa. Mas deixei por isso mesmo. Antes de sair pergunto se posso pegar mais uma bala. Quero levar para meu mano.

FOI UMA IDEIA INFELIZ, agora vejo.

Durante o dia todo, Simão ficou possuído de um soluço. Mesmo assim, teimava em pitar e se engasgava terrivelmente. As poucas frases que me dirigia vinham esburacadas. No começo, confesso, aquilo até me deixou contente. Me agradava ver ele tropeçando a língua. Suas palavras vindo sem as beiras. Nunca meu mano me pareceu tão bonito. Achei até que estávamos combinando, que nossas falas tinham ficado muito gêmeas. Mas quando ele deu um soco na parede de repente, vi que o caldo estava engrossando.

Ele apelou. Testemunhei com o canto dos olhos ele andando pra lá e pra cá, arriscando uma dezena de artimanhas. Vi ele cuspir um copo d'água na parede e cheirar o molhado três vezes. Colocar um pregador de roupas no nariz e chegar a vários tons de roxo. Quem disse que adiantou?

Então me ocorreu um santo remédio. Um remédio infeliz, agora vejo.

Apanhei um lençol branquíssimo e me esgueirei para dentro do chuveiro. Fiquei aguardando a hora do seu banho. Quando ouvi ele passar a tranca e chutar seus chinelos contra o rodapé, me coloquei a postos. Percebia alarmado os sons de zíper e fivelas abrindo. O som do mijo atiçando a água da privada. Ele bufando entre cada solavanco da garganta. Concentrado na minha tocaia, eu evitava fazer o menor ruído. Coberto até meus pés, o lençol ia grudando nas minhas narinas. Então soube o barulho da última peça de roupa chegando no chão.

Só a parede segurou ele. Simão nem pisou direito no chuveiro e já caiu para trás. Parando para pensar agora, é curioso que sua primeira reação não tenha sido um grito. Enquanto tombava, meu mano correu com as duas mãos para tapar as virilhas. Imediatamente, lembrei das estátuas dos três macaquinhos. Pensei que falta ainda uma quarta estatuazinha. Uma mais fundamental, que cobrisse as vergonhas.

Ficou um silêncio metralhado no ar. Escorreguei o lençol do meu corpo e vi meu mano encolhido, tremendo. Ele queria ter um treco. Pensei em pedir desculpas, mas na hora entendi que era melhor não dizer nada. Pobre Simão, estava sem sangue no corpo.

DEIXEI O COLCHÃO DE PÉ, no sol. Ficou lá plantado do lado de uns vasinhos de sálvia. Hoje meu mano se mijou na cama. Coberto de vergonha, se tranca no banheiro e demora como se consertasse nosso chuveiro. Eu desencardia a mancha esfregando algumas folhas e o gato veio logo fuçar. Quando estendeu a pata para amolar as unhas, eu gritei: nananinanão. Dei um chispa e disse que fosse cheirar meus sapatos.

RASPAVA SEMENTES DE MAMÃO sobre o balde que fica debaixo da pia. A cena era bruta, mas exigia de mim alguma minúcia. Cavava a colher lentamente, cuidando de não machucar a carne do mamão. Quanto mais fundo, mais amolecida e escura ia ficando. Foi em situações assim que aprendi como existem muitos vermelhos. Pensei que minha náusea vinha dali. Mas quando olhei um bocado de moscas rondando as bordas, entendi. A borra do café encharcada, as cascas de ovo, o grumo do ralo da pia. O balde já dava cheiro.

Sempre costumo despachar a lavagem lá para os lados da Figueira. Há um barranco bastante apropriado para isso. Deixei o mamão de lado e cobri com um pano de prato. Depois, catei a alça do balde e, sem achar meus chinelos, saí descalço mesmo. É espantoso que lavagem seja o nome dado a uma coisa tão imunda.

Desci os degraus da varanda me equilibrando com o peso atolado ali dentro. Andava com cautela entre as moitas, mas depois de dez passos, perdi minha paz. Não tenho certeza se foi o cheiro que chamou ou se foi o fio de água azeda que escorria fazendo uma trilha por onde eu passava. Mas o vozerio se abriu mais forte que nunca.

Eram incontáveis, um batalhão. Todas matraqueando juntas. Jamais tinha visto elas tão enturmadas e ao mesmo tempo tão sortidas. Algumas berravam. De outras vinham sons que mais pareciam patadas. Assoviavam. Cacarejavam. Riam. Batiam com a língua no céu da boca. Mas a maior parte delas choramingava fininho. Foi como se, de uma só vez, eu tivesse atendido todos os telefones do mundo.

No meio daquela algazarra, apertei o passo. No rasteiro, elas seguiam a terra por onde eu passava. Fui tropicando, encardindo, o balde esgotando meu braço. Aos solavancos, deixei cair algum bagaço de laranja ou talo de couve. Nesse momento, elas aumentaram ainda mais o volume.

Juro que pensei em me render. Já andava curvado, quase nas quatro. Mas quando levantei o pescoço, avistei o galho mais principal da Figueira. Com uma força que eu nem sabia, paguei a distância que faltava até a beira. Cheguei de joelhos, ofegando. Nem pensei duas vezes e atirei barranco abaixo as sobras. Com balde e tudo. Escutei os baques dele rolando até sossegar lá no fundo. Depois voltei a respirar e, fora mim mesmo, não escutei mais nada.

A MANHÃ INTEIRA PENSANDO NA MORTE DA BEZERRA. Eu enrolava uma bolinha de miolo de pão sobre a toalha, suspirando. Juntava as migalhas pra lá e pra cá, sem ver a hora correr. Quando percebi, havia me esquecido de todos os afazeres. Tivemos de almoçar pipoca. Mesmo sem fome, tratei de não deixar nada sobrando. Engoli tudo, inclusive os grãos que não vingaram e ficaram carregados de sal no fundo da bacia.

VIM À CIDADE. Quando saí, meu mano estava inerte no sofá. Assistia a um programa de talentos em que um homem conseguia enfiar uma lâmpada inteira dentro da boca. Simão passa dias a fio assim. Avoado, mofino, como se uma cor tivesse morrido no seu colo. Acho que a qualquer hora vai perder o apetite. Por isso, vim à cidade. Vim atrás de uns trevos, inseticidas, ferraduras, ratoeiras, pastilhas de naftalina. Qualquer coisa que faça meu mano se sentir próspero. Faça figas, meu mano, faça figas. Torço comigo mesmo antes de atravessar a porta.

SOUBE DA ÚLTIMA? A frentista do Posto Maravilha pergunta enquanto ajeita o rabo de cavalo no furo do boné. Ela se inclina com as mãos em cima da janela do carro e desata a falar. Faz caras e bocas enquanto repassa a notícia. Desabamento na Mina do Feijão. Ontem. Finzinho de tarde. Com três homens dentro.

Je-jesus amado.

E pior. Ela sussurra igual uma contrabandista.

Di-di-diz.

Senti o chão picando daqui da bomba.

Não bri-brin-ca.

Te juro. O desabamento causou o maior apavoro. Agora uma bomberaiada de gente lá em volta, pode ir lá ver.

Com uma mão, ela segura a mangueira no furo do tanque e com outra ela alisa a barriga. A barriga já mostra.

E qua-quantos meses? Pergunto para mudar de assunto.

Oito, vê. O bicho já está com uma perna para fora, bem dizer.

Ma-mas e esse che-che-cheiro, não fa-faz mal, não?

Nada. Eu é amo. Acho que o bicho vai nascer com cara de gasolina.

E tem mais. Ela insiste olhando o reloginho dos litros. Minha prima que passou aqui outra hora contou de um rapaz hoje cedo na boca da mina. Nem trabalhava lá no Feijão. Diz que ele queria entrar no meio do estrago. Enquanto iam desenterrando os entulhos, o fulano ia de um em um perguntando se alguém tinha uma caneta. O povo revirava os bolsos, desconversava. Até que ele arranjou a bendita caneta. Esqueceram dele, voltaram a mexer no escombro. Só que aos poucos a intriga foi crescendo e todo mundo parou para olhar: o moço estava se escrevendo inteiro. No braço, no peito do pé, na bochecha, na batata da perna. De repente, estendeu a caneta para um distraído e apontou as próprias costas. É que ali seu punho já não alcançava. E sabe que diabo a criatura estava escrevendo?

Eu balanço a cabeça.

O infeliz estava assinando o nome dele. Assim de garantia. Caso viesse desgraça maior lá dentro, pelo menos não iam confundir o par de orelhas que era dele.

Nessa hora mordisco a gola da minha camiseta.

É cada uma. Ela balança a cabeça e vai tirar a mangueira do furo.

E o se-seu? Pergunto recebendo o troco.

Rapaz, ainda não decidi. Mas depois disso, acho até que vou escolher um nome curto.

Não sei se ela fala sério ou faz troça.

Um nome que caiba no dedo mindinho.

ESTACIONO EM FRENTE À BORRACHARIA. Na calçada, uma menina cabeluda brinca com um tatu. Fica passando uma escovinha na cabeça dele e nem faz caso de mim. Quando espio o lado de dentro, vejo um amontoado de pneus empilhados, todos veteranos, todos carecas. Um telhadinho de zinco, debaixo dele um galão de água na metade e um calendário do ano passado. Mais para o fundo, um capô levantado e um corpo todo sumido lá dentro, só vejo as pernas para fora balançando.

Oba. Eu balbucio enquanto giro a manivela do vidro. Um senhor sai lá de dentro e se aproxima com graxa nas bochechas.

Essas tralhas você vai achar lá no mercado de pulgas, ele me aconselha espalhando o óleo no suor com uma flanela. Explica a direção abusando dos gestos, indicando como dobrar o cotovelo das ruas. É uma portinha que ninguém dá nada.

O tatuzinho escapa do colo da menina e tenta quebrar o asfalto na unha, mas ela logo puxa o bicho pelo rabo.

Antes de eu dar a partida, o senhor avisa que está um pouco murcho. De cara me vem meu mano no pensamento. Seu humor desgostoso apagando uma bituca no papel-toalha, sua feição de ovo mexido, todo de mal com a vida. Como foi que adivinhou? Mas em seguida ele dá umas bicas no pneu da frente.

Atá. Até.

Enquanto dou ré, reparo num carro todo encardido de terra vermelha. Alguém passou os dedos no para-brisa implorando: LAVE-ME POR FAVOR.

UMA VEZ QUE CRUZEI A SOLEIRA, desejei me lembrar daquele momento até o último de meus dias. Fiquei comovido como um diabo. Quis roer as unhas, sapatear, costurar aquela imagem para sempre nas minhas retinas.

Era uma portinha chinfrim, realmente. Por cima da entrada, uma faixa meio tombada escrita em letras garrafais AS MIL & UMA PULGAS. Depois da porta, uma escada impiedosa e lá no topo uma segunda porta. Essa sim, uma senhora porta. Quando empurrei, alastrou uma campainha avisando freguês. Era uma versão elétrica da música que soa quando o caminhão de gás cruza a cidade.

Eu estava abobalhado tentando engolir tudo ao redor enquanto malemente balbuciava aquela melodia. Então uma voz, que mais parecia um caco de vidro, cortou o ar:

Für Elise.

Eu ainda não havia me dado conta de vivalma, não distinguia a menor presença no meio daqueles troços. Por isso fiquei com as orelhas arregaladas, muito crente que a voz podia ter vindo de qualquer uma das milhares de bugigangas que me rodeavam. Tudo muito suspeito, muito encarnado. E o que foi que eu vi? Vi muitos chapéus e poucas cabeças. Uma escumadeira.

Um anão de jardim segurando uma picareta ao lado de uma pedreira cheia de diamantes. Um alambique. Três moldes de gesso de uma mesma arcada dentária. Um boné com o logo de uma peixaria. Um globo de vidro com bolinhas de isopor e um chalé. Um ferro de passar roupa. Um broche em forma de vírgula.

Für Elise. A voz veio com um pigarro.

Virando para trás, eu finalmente vi: sentada atrás de um balcão, uma cinquentona de cabelo curto e quase sem pescoço. Usava óculos meia-lua que lembravam uns gomos de tangerina.

Für Elise, Ludwig van Beethoven. Ela tinha um livro enorme aberto em sua frente e falou comigo sem levantar os olhos. Eu fiquei mudo uns bons instantes e acabei decidindo trazer as mãos para dentro do bolso. Já ela, molhou a ponta do indicador com a língua e depois virou a página. As folhas eram finíssimas. Eu mesmo já teria causado uns bons rasgos.

Eu me amarro nessa música, ela diz, agora olhando para mim, e em seguida se prontifica, pois não, em que posso ajudar?

Por um segundo, quase me esqueço ao que vim. Tão rápido e já me vi seduzido por aqueles cacarecos. Parecia um lugar perigosíssimo, desses que quanto mais você permanece, mais vai se esquecendo de si. Conseguia me ver pouco a pouco perdendo tudo que levasse na ponta da língua: os endereços, as idades, o número dos meus sapatos. O que eu queria mesmo? Não sei de onde essa ideia me veio, mas me ocorreu perguntar com um improviso esperançoso se por acaso ela não teria uma dentadura assim assada, de aquisição recente, espécime única, guardada no estoque, vai que. Mas não queria que ela se entediasse comigo. Uma vontade muito forte brotou em mim de que eu queria porque queria que ela fosse com a minha cara.

Por acaso-so você tem va-vassouras? Falei a primeira coisa que veio na minha cabeça. Ela pigarreou e disse: Meu nome é Yvone. Siga-me. Repare. Ela não disse: me siga. Sua pessoa me deixou bastante cativado.

Fica neste corredor, é a seção das coisas que ficam de pé. Ela indicou e eu logo reconheci uma vassoura esticada entre uma bengala e um espaguete de piscina.

Então era isso. As coisas ali naquela loja até que eram adestradas. Tinham sua disposição, seus critérios. Pensei que por tabela esse seria o lugar do colchão de meu mano. Ainda que mais tarde, já no caminho de volta, tenha me perguntado por que em outro canto havia um saleiro posto do lado de um telefone. Na próxima vez pergunto.

Olhei a vassoura e ela era tão feia, tão machucadinha. Não para me gabar, mas as minhas dariam de dez a zero nela. Como se lesse meus pensamentos, Yvone ponderou: talvez ela mesma precisasse de umas boas vassouradas. Rimos.

Se precisar de mais alguma coisa, é só me chamar, ela disse voltando para seu balcão.

Eu comecei a zanzar pelas prateleiras. Sem nenhuma timidez, tentava adivinhar o que reunia cada objeto com outro. Quais eram suas afinidades, suas genéticas. Supunha com os olhos cada textura. Tudo parecia já ter passado por tanto pertencimento. Por isso não pude deixar de imaginar breves histórias. Seus donos, sua fabricação, a tragédia do seu desuso. Não minto quando digo que ainda adoraria ler a biografia de um garfo.

Isso para falar apenas das coisas que eu saberia segurar. Porque quanto mais eu adentrava o fundo da loja, mais me sentia chegando a um lugar muito espesso. Me senti chegando a um cerne: a loja ficava mais úmida e fosca. As coisas se mostravam cada vez menos sensíveis aos toques. O último objeto conhecido do qual me despedi antes de me embrenhar de vez, avistei ainda no sexto corredor. Era um abridor de latas querendo ferrugem e estava ao lado de uma estatueta de um santo que segurava um serrote.

Depois vieram arsenais tão raros e inúteis. Coisas que só de bater o olho seria impossível descobrir por onde pegar, por que pegá-las. Eu salivava pensando em alças, tampas, roscas, tamanha era a minha vontade de que elas comparecessem às minhas mãos. Meu peito foi ficando pesado de uma dó. Era uma alegria retrasada. Entendi que, na verdade, aqueles objetos eram todos moribundos. Quase podia escutar sua respiração chiada, os ferrolhos tossindo. De repente me vi em um pavilhão de tuberculosos. De repente me vi atravessando um parque de enfermarias. Prendi a respiração e olhei para Yvone, concentrada atrás do balcão. Me afeiçoei ainda mais à sua pessoa. Ela era a enfermeira dos trecos e quinquilharias.

Sua lo-loja é uma graça, disse, voltando ao balcão. Com isso queria dizer que me sentia honrado de estar na presença de uma pessoa de ocupação tão nobre. Ela abriu um sorriso para mim e me perguntou se eu aceitava um copo d'água: eu quero gelada ou fria? Penso comigo mesmo que não sei muito bem a diferença e depois decido: mi-mistura pra mim?

Vou bebendo em goles curtos para fazer durar. E o que é que vo-você anda lendo aí? Eu arrisco com certo medo de parecer intrometido. Ela ergue uma capa de brochura onde consigo ler *Enciclopédia Mundial do Mundo*.

E sobre o que fa-fala? Percebendo a estupidez da minha pergunta, remendo: e você-cê está go-gostando?

Então ela começa a me contar seu caso. Assim que sua esposa faleceu, ela fez um acordo consigo mesma: leria de cabo a rabo o maior dicionário que encontrasse. Está há dois anos nisso.

Esse era o nosso lance, minha mulher era uma fera dos sinônimos, Yvone me diz com um sorriso de coelha.

As coisas começaram de modo inocente. Eu apenas pedia para ela me explicar o sentido de alguma palavra que não entendia. Disso acabou nascendo um jogo.

Certa vez, enquanto pegavam uma estrada longuíssima, sua esposa lhe propôs um jogo chamado O Jogo das Semelhanças.

Basicamente, as duas tinham que se revezar para dizer o que havia em comum entre duas coisas com muito pouco em comum.

Qual a semelhança entre o cigarro e o cachorro? Essa é fácil. A letra C, sua besta.

Mas quando chegava a vez dela responder o que unia sunga e promessa, ou orégano e varanda, aí a coisa apertava.

Diga lá, qual a semelhança entre cãibra e presunto. As duas mãos raciocinando no volante, Yvone examinando o retrovisor, mordendo a ponta da língua. E entre tobogã e aspirina. E entre dinheiro e sovaco. Sua esposa era imbatível, nem pestanejava. E entre o hospital e a maçã do rosto?

Tem algumas que me pentelham o sono até hoje, ela confessa deixando o olhar mais longe e se esquecendo da minha presença.

E em qual le-letra você está ago-go-ra? Aponto para o dicionário tentando manter a conversa acesa.

Estou empacada na letra H. A letra H é um bicho.

E de qua-qual você mais go-gostou?

Ah, não vou mentir que tive umas boas passadas com a letra F. Ah, que pronúncias de arder os beiços. Nem sempre foi tão fácil. Isso fica entre nós, mas detestei a letra B. Acho que porque ainda não tinha pegado a manha ou porque elas deixam um gosto de barro no céu da boca. Mas o H. Essa tem sido uma peleja.

Dou uma espiada no livro aberto e vejo que a página tem a ponta dobrada. A primeira palavra é *hercúleo*.

Aliás, minha mulher também se chamava Ivone. Só que o dela era com I. A gente achava isso um barato. Talvez por isso esteja tão às voltas com o H. Adiando a leitura. Um receio de finalmente chegar na próxima letra e não encontrar o nome dela ali.

SAÍ DO MIL & UMA PULGAS com um balde seminovo e um almanaque surrado que Yvone me deu de brinde. A capa é molenga, mas o título em relevo dourado compensa: *Mesopotâmia para leigos*. Pode ser um bom pretexto para começarmos uma biblioteca em casa. Ela também disse que eu passasse na loja sempre que quisesse. Teria o maior prazer em me ajudar com as cruzadinhas enquanto me serve água e bolachas.

Sentei na caminhonete e botei o livro em cima das coxas. Olhei para os lados algumas vezes até criar coragem para folhear as páginas. Não sei muito bem relar em presentes. Apesar das letras minúsculas, ele era repleto de figuras. Ainda pude ver, na orelha com uns respingos de mofo, outros títulos da coleção:

Informática para leigos
Origami para leigos
Lógica para leigos
Gaita para leigos
Oratória para leigos
Anatomia para leigos
Catalão para leigos

Carpas para leigos
Kant para leigos
Mineração para leigos

& Muito mais

Acho que meu mano vai adorar. Já até vejo ele me fitando de cima a baixo e perguntando onde é que eu arrumo essas porcarias. Como a vez em que achei um livro de recordes em uma caçamba e levei pra casa comigo. No começo ele torceu o nariz, não quis nem dar uma olhada, mas depois de alguns dias o flagrei na cozinha coçando o queixo enquanto encarava a foto do homem com as unhas mais compridas do mundo. Ele não esperava ser surpreendido. Então peguei o hábito de deixar o livro sempre à vista e espreitá-lo nos seus momentos desprevenidos. Várias vezes ao dia, ele voltava lá. Um olho na página, outro por cima do ombro, espreitando: meu mano lia de pé. Espremia tanto a testa que se eu não soubesse do que se tratava, diria até que estava indignado. Os olhos percorrendo aquelas façanhas, abismados com tantas notícias do mundo. A maior escultura de gelatina, a cabra que dava mais leite, o cofre mais protegido da terra, a rua mais curta de todas. Talvez ele mesmo se sentisse tentado a experimentar em si alguma capacidade. Em pensamento, eu treinava frases que jamais seriam ditas, somente com a intenção de poupá-lo da frustração. Deixe disso, meu mano, não é do nosso feitio as coisas maiúsculas. Não foi preciso. Certo dia, Simão se entediou e deixou de revirar suas folhas. Não lembro bem como, mas o livro acabou indo parar no calço da geladeira e depois de mais um tempo desapareceu de vez.

ENCONTREI MEU MANO na cozinha fazendo de furioso e desesperado. Pelo chão, caquinhos dos pratos que eu confundia com as cascas de um ovo de codorna qualquer. Simão sabe que dá igual: a louça contra a parede, a parede contra a louça.

A cólera dele, depois fiquei sabendo, é que dizia ter visto certas formas na gordura do azulejo. Algo endiabrado não cansava de sorrir nas quinas e nas gavetas, nos fios de couve grudados no ralo da pia. Simão arregalado, no maior bota-fora. Estava pronto para revidar, vasculhando os faqueiros, as panelas e porcelanas amassadas, decidido na vingança daquilo que tivesse rosto, mas não tivesse aparência.

Meu mano xinga, uma xícara voa.

Os estilhaços dando notícias. Eu fiquei cá no meu canto, bem agachado, recolhendo aos poucos as sucatas e cacos. A peneira de coar chá me deteve por um longo momento. Com os olhos fechados, passei os dedos pela tela furada como se estivesse lendo um livro de muitos adjetivos.

A ÚLTIMA NOITE FOI LONGA. Do lado de fora, uma voz se queixava debaixo da nossa janela. Tinha o ar de quem pergunta a direção correta de uma esquina. Simão esperneava apertando os travesseiros contra os ouvidos. Mordia a espuma do colchão. Buscando aliviar um pouco a situação, deixei a TV da sala ligada no último volume. A madrugada toda correndo ao som de um homem vendendo bijuterias e torradeiras.

TOMEI UMA ATITUDE DRÁSTICA: fui consultar o álbum de fotografias. Queria averiguar se algo na fisionomia de meu mano já o entregava desde sempre. Algum trejeito ou viés. Sentei no piso gelado e passei os dedos pela brochura. Em volta da lâmpada, uma infestação de aleluias ficava esvoaçando. É como digo. A pessoa de meu mano tem algo rarefeito. Não consigo entender o que anda se desabotoando nele, que parafusos estão em desacerto. Às vezes ele se rebela contra os azulejos, noutras, fica em um manso-triste. Perdeu seu amor pelo carteado e nega chicletes quando lhe ofereço. Durante o sono, solta gargalhadas de maritaca ou treme as panturrilhas balançando todo o beliche. Outro dia vi ele tentando beber um copo d'água com garfo e faca.

Simão fictício. Simão variado. Esse que agora olha pro chão, com muito ódio, e cospe e ergue o punho e fala barbaridades e depois se ressente com a testa abaixada, enfurnado, ali, onde a parede faz seus cotovelos.

UM SIMÃOZINHO TODO INFERNIZADO por cataporas enruga o rosto e mostra os dentes. Está pelado e cabe dentro de um balde. A água, eu sinto que é morna.

Simão em uma Festa do Ferro sentado em cima de uma mula de retrato. A crina toda enfeitada de argolas e ferrolhos. Ele não vendeu sorriso algum. A mula tem as orelhas baixas de aprendizado.

Simão vira o pescoço na hora do clique e seu rosto sai todo tremido. Está no quintal de cueca e segura um graveto maior que ele.

Simão amarra umas latas de ervilha no rabo da nossa cachorra Amarela com um barbantinho. Já se vê sua aptidão para a laçaria. Que saudades tenho da minha cachorra Amarela.

Simão tira sarro. Está deitado nos trilhos da estrada de ferro fazendo que o trem serrou seu corpo ao meio. As paineiras floridas no fundo. O rosto aberto na maior careta.

Simão tapa a lente da câmera com a palma bem aberta para esconder seu rosto. Suas canelas estão descobertas. O dedo anelar tem um band-aid.

Simão me segura bebê com os braços muito esticados para além de seu corpo. Como se eu fosse o Rei Leão ou como se ele tivesse alguma repulsa. Ele tem franjas.

Simão me dá um beijo no pé. Estou deitado no berço e tenho olhos estourados de azeitona. Um pé veste uma meia grossa e o outro está descalçado. Simão segura a outra meia entre seus dedos.

Simão já tem o meu dobro e alcança a mão dela sem muito esforço. No meio, mamãe com os dois braços esticados. Estamos os três arrumados, mamãe usa uma saia escura até o calcanhar, mas dela não se vê muito. O fotógrafo sem querer cortou a foto na altura do seu pescoço. Um dos meus cadarços está desamarrado. Os de Simão, não.

Simão, espichado e com cravos na bochecha, mostra o dedo do meio para a lente. Atrás dele uma televisão de cachorro. Os frangos rodam muito dourados. Um metro atrás, um motociclista está prestes a tirar o capacete da cabeça.

Simão me tem sentado no seu colo. Ele deixa eu segurar o volante da caminhonete. Um palito de dentes sai da sua boca. Se tivesse que dar um palpite, chutaria que a seta estava ligada. É só um palpite.

Simão sustenta uma enxada para trás e está prestes a partir uma jaca. Seu sorriso é amarelado, vacilante.

Simão sentado em uma cadeira de plástico da lanchonete da praça. Aperta uma bisnaga de maionese verde, mordendo os beiços.

Simão de braço quebrado. A tipoia segura o esquerdo. O gesso tem vários desenhos com canetinha. Pintado de vermelho, um jogo da velha empatado na altura do punho.

Simão na Festa do Ferro usa uma camisa azul-marinho e segura uma lata de cerveja. É impossível saber se a lata estava cheia ou quente. Do lado, eu mastigo uma cocada. Simão faz chifrinhos em mim.

Simão com a pálpebra inchada maior que uma bola de gude e menor que uma bola de bilhar. Foi picada de marimbondo. Ele está com a boca aberta e lhe falta um dos dentes caninos.

Simão em uma loja de ração agacha tentando levantar um saco de vinte quilos. Atrás dele uma gaiola cheia de coelhos. A coisa é que os coelhos estão em uma gaiola de passarinhos. Isso me dá calafrios.

CANSEI DE PESQUISAR MEU MANO. Fecho o álbum sem chegar a grandes conclusões e sinto que minha enxaqueca começa a apitar. Então abro a porta do freezer e esqueço minha cabeça ali alguns instantes. É difícil conciliar tantas vertentes nele. Meu mano é um tipo de muitos galhos. Se invisto muito nessa delonga, de repente fico tentado a uma coisa mais espantosa e atrevida: fico querendo perceber meu mano em mim. Seus traços desdobrados nos meus. No meu timbre, no meu buço. Suas sobrancelhas rimando no meu rosto, seu pomo de adão empatado na minha garganta. Acho que aquele assunto de dicionários me deixou muito impressionado.

EXPERIÊNCIA COM ESSA NATUREZA DE DESORDEM, só havia tido uma vez. Mal era moleque. Despontavam os primeiros pelos do meu sovaco e eu desafinava em tudo. Mamãe ia lá verificar diariamente se eles já davam sebo. Uma tarde, apanhei a bicicleta, porque queria ir até as franjas do brejo. Lá tinha um tamarindeiro bom de chupar. Eu queria. Quando descia a Ladeira do Amendoim, vi um alguém cheio de trapo na beira da estradinha. Fui brecando até parar na pessoa daquele vulto. Era um senhorzinho mirrado, de cócoras. Estava aos prantos.

Nos braços, embalava um bebê enrolado em flanela e pano de prato. Do bebê eu não via o rosto ou coisa que o valha, só supunha alguma desgrama para tanto lamento. Ele ninando convulso, os catarros pendendo na fuça. Bem atrás dele, estava cavado um buraco. Um buraco modesto. Do tamanho de um sapato grande.

Que-que-que foi que aconte-ce-ceu? Eu tentei com muitos dedos. Ele levantou o rosto espremido para mim. Parecia que sua cara era sua garganta. Não respondeu nada.

Pousei a bicicleta no chão e cheguei mais perto. Ele agora alisava a palma por cima da cabecinha coberta. No pano de prato, uma estampa com um casal de ratinhos camponeses. O rato usava um macacão e segurava um regador e a rata pedalava uma bicicleta com um cestinho cheio de flores amarelas.

É o se-seu fi-fi-filho? Minha goela ia ficando apertada igual crepom. Sentia um gosto azarado vindo. Ele deu umas engasgadas tentando responder e saiu um apito fininho da boca. Chorou, chorão.

Comecei a cogitar andar de costas. Sumir ali mesmo. Mas brusco ele se botou de pé.

Voltou o rosto para o buraco. O velho encaixou a pisada ali dentro e ficou avaliando. Balançou a cabeça em reprovação e apertou o bebê contra o peito ainda mais. Um catarro maior escapando que ele limpou com as costas da mão.

Está tu-tu-tudo bem? Mal terminei a pergunta, ele cravou o rosto em mim de modo muito aceso. Ele tinha o olhar de uma mordida. Dei um passo pra trás tropeçando nos ferros, ralei a batata da perna na corrente. Então, veio o gesto que eu não imaginava. Ele estendeu o bebê para mim.

Durou. A trouxa lá parada me aguardando. Seus braços alongados como se fossem arrebentar a qualquer momento. O pior é que vendo seus ombros estreitos, as veias saltando de esforço, parecia que me inclinava para esse gesto: seu porte lembrava o guidão da minha bicicleta.

Era a primeira vez que eu segurava alguém. Até então era da leva dos que são segurados. Fui com uma mão para amparar a moleira e outra o tronco. Assim que ele me passou o bebê pensei que o senhor devia estar muito fracote mesmo. O embrulho era bem mais leve do que pesando com o olho.

Depois que me entregou, agachou na frente do buraco. Foi cavando com a mão mesmo, dando umas garfadas com os dedos. Em seguida, puxava um montinho de terra para si e jogava para o lado. Enquanto isso, eu ia chocalhando levemente. Sussurrava de improviso uns cantos, fracassei no assovio.

De primeira, não dei muita trela, mas conforme o velho insistia naquele buraco, comecei a sentir algo estranho. Tinha me esquecido de que eu também não era forte. Então como agarrava o embrulho fácil, fácil, mesmo sem nenhum muque?

Aproveitei que ele estava de costas e fui cutucando levemente aquelas cangas com a ponta do indicador. Queria pelo menos ver se o bebê estava dormindo ou pior. O dedo ia afundando em várias dobras, desfolhando aquelas fronhas. Até que, enfim, encostei na sua cabeça. Quando me inclino para olhar, eu mesmo sou o pavor. Veio uma azia nos meus joelhos. Achei que ia baquear.

Para o meu azar, o que aninhava nos braços com tanto zelo não era o bebê que eu supunha. Quando senti o dedo roçando em uma consistência mais dura e abri uma fresta nos panos, pude ver que em vez da cabeça, o que dava o peso e formato era um pão. Um pão.

Cobri de volta horrorizado. O senhor, ainda de costas, não atinou nada. Aproveitei que ele não olhava e fui abaixando aos poucos até colocar o embrulho no chão. Parece loucura, mas não pude deixar de me sentir um desnaturado. E o velho cavoucando, agredindo a unha naquele chão cascudo, cheio de nó de raiz. Onde já se viu? Fui erguendo a bicicleta com o coração desembalado. Encomendar um funeral para um pão? Subi o pé em um pedal e passei a perna pro outro. Chorar a morte de um pão. Antes de o pneu pegar o impulso, olhei uma última vez para trás. Vi que ele me via. O rosto encharcado. Chorando o pão, como se com ele tivesse algum parentesco.

SONHEI UM SONHO SORUMBÁTICO. Nele, Simão aparecia para mim com um prego vazando da testa. Ele não se dava conta ou fingia que não se dava. Se dirigia a mim muito retórico. Murmurava. Era um falatório de marimbondo, eu tinha que chegar bem perto do seu rosto para conseguir reconhecer alguma palavra. Para piorar, sua boca tinha cheiro de cebola. Mal ele terminava uma frase, limpava os lábios com a manga da camisa. Ponha-se no meu lugar, foi o que consegui escutar em um momento. Eu pensei: que espécie de pedido é esse? E Simão lá. E o prego lá. Fiquei tão atento no seu cenho que perdi duas ou três frases do que ele dizia. Não se envolva nos assuntos do mundo, ouvi então seu timbre de arame. Parecia que ele tentava morder a própria voz enquanto falava. Depois acordei. Eu tinha o estômago revirado, todas as pontas do corpo formigando. Atravessei a manhã pensativo e deitado em cima das minhas cãibras. Não sei se devia dizer, mas senti que trazia nas mãos a fé desafogada dos martelos.

UMA VEZ, varri os pés de Simão sem querer e meus olhos encheram d'água. Temi que, por minha causa, meu mano tivesse a vida magra.

PONHA-SE NO MEU LUGAR. A voz de Simão não parava de martelar na minha orelha. Culpa daquele sonho com ares de carpintaria. Não podia simplesmente ignorar, fingir que não era comigo. Até tentei me distrair, apanhar minha vassoura favorita, esfregar as manchas de pasta de dente no espelho. Eu lá, o balde e a bucha na mão, e a frase insistindo.

Com aquele pedido em mente, adotei uma estratégia. Talvez não seja bem essa a palavra.

De novo à sala, Simão roncava de babar e a televisão vinha colorir seu rosto. Na tela, um homem de gravata-borboleta balançava um ioiô rente aos olhos de uma mulher e depois a fazia imitar uma galinha.

Cheguei pé ante pé e parei diante de meu mano. Afundado daquele jeito, Simão parecia ter parte com o sofá. O sapato pisando o estofado, seus cadarços moles. Então encontrei aquilo que estava procurando. O maço estava largado no chão, alguns cigarros até escapando. Um só ele não daria falta.

Encolhido atrás da caixa-d'água, me sentia relutante. Só o cheiro já me dava pavor. Nunca jamais havia colocado um na boca. Lembro que quando mamãe pegou Simão puxando fumo pela primeira vez, foi uma pisa só. Desceu uma chinelada no beiço que no final das contas não resolveu em nenhum corretivo.

O que não faço por meu mano? Pensei enquanto riscava o primeiro fósforo. Queimei a ponta, troquei o peso de uma perna para outra. Tentei fazer pose de meu mano. Devia empinar mais o queixo, abrir as pernas além do ombro? O fato é que eu ia puxando com força e mesmo assim a fumaça não vinha. Queimei mais seis ou sete fósforos. Estava prestes a engolir aquele cigarro quando me dei conta de que havia acendido do lado errado. Bem, minha parte fiz, me convenci atirando no chão e esmagando com a ponta do sapato. Logo que dei as costas e comecei a andar, senti que atrás de mim um rumor meio rouco se reunia ao redor do cigarro.

ISTO QUE CONTO A SEGUIR é o começo da minha empreitada com as barganhas. Não sei bem o que me deu na telha, nem nunca planejei me ver compromissado com esses assuntos. Mas percebendo que não conseguia enxotá-las por nada, certa manhã tive meu primeiro gesto de ponderação. Digamos, uma bandeira branca. Talvez, com paciência e um pouco de jogo de cintura, pudéssemos encontrar um bom meio-termo. Um no qual as duas partes saíssem ganhando.

Aquela lá, em especial, tossia. Uma tosse de cachorro molhado que se estendia por todo o quintal. Pensei no que poderia agradar uma voz como aquela e não tive dúvidas. Escolhi o cinzeiro que mais transbordava e experimentei jogar uma bituca no chão. No mesmo instante ela acalmou. Mas quando ameacei ir embora, a esganada, percebendo que havia muito mais de onde vinha aquela, voltou a rasgar o peito. Eu não tinha nada a perder, então bati o cinzeiro todo em cima da terra. Acredito que ela se esbaldou mesmo foi com os torrões de cinza.

E funcionou. Pelo menos por um tempo. Dois dias se seguiram sem nenhum assalto e as coisas pareciam voltar para os trilhos.

AO TERCEIRO DIA, outra veio dar as caras. Uma magoada, chorosa, de difícil contentamento. Pelejei até conseguir encontrar algo que satisfizesse seus caprichos. Primeiro cozinhei um mingau, mas acho que ela ficou ofendida quando pus a colher na boca e depois devolvi pra panela. Nem chegou a encostar. Testei sementes de melancia, cortei muçarela em cubos, fritei um bife bem acebolado. Só o que ela sabia era choramingar. Àquela altura, já cogitava os pratos mais mirabolantes, até que entendi que tudo o que ela queria era um simples copo d'água. E assim foi.

DIANTE DESSE NOVO CENÁRIO, era preciso abastecer a despensa de casa. Saí bem cedo com a caminhonete e senti a roda vacilando. Na feira, encontrei doutora Luz. Ela apalpava meticulosamente cabeças de alho. Quando me viu, virou a cara. Talvez não tenha me reconhecido. Prefiro acreditar nisso. Me entristece pensar que ela seja uma charlatã ou algo do tipo. Que talvez ela mesma carecesse de uns bons óculos. De qualquer maneira, não quis incomodar. Me afastei para tomar um ar atrás da barraca de pamonha e descansar os braços abarrotados de sacolas.

Era quase meio-dia. Havia um sol para cada cabeça e as esquinas amarelavam. Sentei em um caixote de madeira suando e fui tomando encosto em uma silhueta que parecia cimentada. Assim que larguei as costas ali, recebi um cutucão vigoroso no ombro. Ei. A estátua se mexeu com o cenho franzido, abanou os dedos fazendo um gesto para eu chispar dali. Deu zoeira no meu pensamento. Cocei os olhos. Só fui tomar entendimento quando reconheci o cestinho com notas e moedas nos seus pés. Pedi desculpas, gaguejando em dobro, e saí tropicando no asfalto entre as folhas de repolho pisadas. Pois é. Tem dias que os fatos fazem curvas.

O PNEU SE RENDEU DE VEZ. Já sentia a barriga do carro arrastando, mas achei que pelo menos dava para chegar em casa. Desci com cara de seis da tarde e apanhei uma goiaba entre as compras da feira. Aqui meu mano seria providencial. Não que me orgulhe disso, mas jamais troquei um pneu.

Olhei em volta procurando algum socorro. Nesses horários, o pasto fica encardido como uma azeitona. Só um espantalho de paletó parece caçoar de mim com os braços estabanados no vento. A estaca meio envergada, certeza que roída pelos coelhos. Mirei a carcaça da goiaba nele, mas errei a pontaria.

Ai. Essa doeu.

Uma voz apertada saiu do meio do capim. Levei um susto quando um homem se ergueu do meio da moita procurando de onde o disparo tinha vindo. Ele usava camisa e bermuda cor de palha, e um chapéu em formato de cuia. E pior: na mão direita segurava uma vara de bambu com uma rede presa na ponta.

A primeira coisa que pensei foi que isso lhe conferia alguma vantagem, caso quisesse partir para cima. Mas ele logo abriu um sorriso bigodudo:

Veja só. Que bons ventos lhe trazem, meu rapaz?

Ainda um pouco alerta, respondi. Be-bem, o meu pneu fu-furou.

Ora, mas isso não está certo. Por sorte eu estou aqui, não é mesmo? É como sempre digo: para cada braço existe um ombro. Nós já vemos isso. Ele se agachou sumindo de novo naquela braquiária e quando veio à tona trazia uma mochila estufada.

Conforme ele se aproximava, vi um crachá preso debaixo da sua gola: lepidopterologista. Obviamente nem tentei pronunciar a palavra. Rápido ele percebeu que eu tinha o olhar parado ali.

Ah, eu já ia me esquecendo. Mas que falta de cortesia. Ele estendeu a mão calorosamente. Dr. Nabuco, ao seu dispor. Sou lepidopterista.

Estava pronto para dizer que tinha um irmão que também não ia muito bem de saúde, quando ele começou a matraquear. Na verdade, era um entusiasta do mundo das borboletas e mariposas. Quando dou por mim, Nabuco já tinha sacado um maço enorme de folhas da mochila e me apontava tantas variedades:

A Borboleta-Euclidiana. A Borboleta-Aluada-da-Mongólia. A Mariposa-Alexandra. A Borboleta-Bauxita. A Borboleta-Bem-Casada. A Borboleta-Jocasta. A Mariposa-Melaço. A Mariposa-Pietá. A Mariposa-do-Lodo. A Borboleta-Noiva-Azul. A Borboleta-Noiva-Vermelha. A Borboleta-Noiva-Amarela. A Mariposa-Degolada.

Ele sorri para mim um sorriso que parecia movido a eletricidade. E então? O que acha?

Bem, são bo-bo-nitas.

Ótima resposta, meu caro. Não esperava nada menos de você. Ele vibra como se houvesse encontrado em mim alguma cumplicidade.

Não sei se é por conta do horário ou por conta da voz fanha de Nabuco, mas aos poucos começa a me dar uma tontura.

Agacho tentando aplacar a moléstia e, com as costas da mão, vou medindo minhas bochechas.

Nabuco nem se dá conta. Saca da mochila um imenso pote de palmito com a etiqueta mal arrancada. Lá dentro, uma borboleta cor de café se debate.

Não é nada disso que você está pensando. Ele começa a se justificar. Percebe que estou espiando a sua vara de bambu e que meu olhar é pálido. Eu não as mato, é claro que não. Apenas as detenho por alguns minutos, para alguns rabiscos e notas, e depois passar bem, até logo. Pode dar fé no que digo. Mas não vou mentir para você. Ele diz cochichando com a mão no canto da boca. Há, sim, gente de toda espécie. Gente chegada em alfinetes, entende?

Uma náusea visita meu céu da boca. E Nabuco falando, fazendo a vistoria do pote por diferentes ângulos.

Houve um tempo, é verdade, em que eu costumava dar borboletas de presente. Uma caixinha miúda, escolhia o laço da mesma cor das asas. Porém havia apenas uma condição para meus presenteados: a de que abrissem o embrulho imediatamente. Alguns sorriam amarelo, temiam qualquer desfeita, mas acabavam cedendo. Assim que levantavam a tampa, ela saía pingando entre penteados, taças, canapés, cinzeiros. Depois sumia, como de costume. E meus amigos riam segurando minhas orelhas dizendo: Nabuco, que criatura estranha é você. E eu dizia: sou mesmo. Alguns ainda se perguntavam: que espécie de presente é esse? Um que dura menos que um cigarro?

Ele finalmente começa a desrosquear a tampa, mas nem isso aplaca meu desassossego.

Ande, minha filha, vá ser feliz. É sua frase de incentivo enquanto dá umas palmadas no vidro. A bichinha ainda leva um tempo, mas depois vai como louca até pousar em uma pedra ranzinza.

Você devia se considerar um felizardo, sabia? O professor fala guardando o pote em uma mochila. Não é todo dia que se vê uma *Heraclides philea philea*. Principalmente por essas bandas, se é que você me entende. Ele pisca para mim e aquilo me deixa embaraçado. Espécie rara, geniosa. Uma mestra nas artes da camuflagem. Olhe como a terra lhe cai bem, feito uma camisa.

Notei a borboleta aconchegada na poeira e pensei perdê-la cada vez mais de vista. Limpei os óculos na barra da camisa: pele e paisagem se deslembrando no mesmo retalho. Achei tão descabido. Saber que nossas redondezas podem ser mentidas tão fácil. Meu estômago foi fraquejando. A borboleta igualada na pedra. Cobri a boca com as duas palmas. O perigo era este, ser menos que encaixe, ser mais que morada. De repente não pude mais segurar. Botei para fora um vômito cor de goiaba que respingou nos sapatos de Nabuco e nos meus.

CHEGUEI SÃO E SALVO. Os dias seguintes exigiram de mim uma observação meticulosa. Mas com o tempo fui pegando a manha. Além de descobrir os seus sabores prediletos, percebi que elas eram extremamente rigorosas em certos quesitos. Por exemplo, não suportavam que eu deixasse a comida no chão ao ar livre. Era preciso cavar um buraco, mesmo que rasteiro, e depois tapar jogando terra por cima. Dia após dia, me vi entocando punhados de orégano, ovos de gema mole, nunca cozida. Também acabei destinando um só lugar para lhes dar de comer. Escolhi um canto afastado, no pé da Figueira, poupando meu mano de presenciar essas cenas. Quando ele via que eu estava concentrado na beira do fogão, tomando conta de uma centena de panelas chiando, ficava com os pelos eriçados, passava longe da cozinha. Já o gato não tinha pudores. Se intrometia passando pelas minhas pernas e subindo na mesa. Esperava que me descuidasse só por um segundo para poder abocanhar alguma lata de atum aberta ou bisteca dando sopa sobre o papel-toalha.

APESAR DE TUDO, é inegável como meu mano apresenta melhoras. Agora que a algazarra migrou para um só canto e, quer queira quer não, nos dá uns bons dias de folga, Simão até ficou mais corado. Chegou a me surpreender uma noite, depois da janta, estendendo o baralho e propondo uma partida de rouba-monte. Eu aceitei, é claro.

AS VOZES ADORAM: fubá, palmito, pimentão amarelo, pasta de dente, margarina, linguiça toscana, pau de canela, compota de cidra, sobrecoxa (coxa não), sorvete de flocos, bicarbonato.

As vozes detestam: sal (grosso ou refinado), gergelim, cubos de gelo, alcaparras, mostarda, alvejante, balas em geral, pimenta dedo-de-moça, frutas cristalizadas.

Preferem comer nas horas ímpares. Não toleram comida requentada. São muito geniosas, como se pode ver.

APROVEITANDO A DEIXA, fui visitar o buraco de mamãe. Há tempos que eu não aparecia. O mato estava bastante alto e demorei para lembrar o lugar exato onde descansamos ela. Ao encontrar, pus de lado a pratada de bolinhos de chuva que havia preparado e comecei a dar um trato. Enquanto quebrava o caule dos carrapichos, fiquei contando novidades em voz alta: que eu havia encontrado o par de uma meia que já dava como perdida, que de uns tempos pra cá uma das bocas do fogão começou a engasgar, que pra renovar os ares havia trocado todos os ímãs de geladeira de lugar e que por aqui tudo ia bem, de vento em popa, Simão estava recobrando, vigoroso, realmente, comia de repetir o prato.

ELA SE CHAMAVA FABI E TINHA CARA DE FORMIGA. Achei aquilo muito apropriado. Avistei ela de longe fazendo um sinal com o polegar enquanto dirigia de volta para casa. Estava sentada do lado de umas tralhas na beira do campinho. Fiquei me perguntando como diabos alguém tinha ido parar ali. Há anos que o lugar vive às moscas, cruzado só pelos fios da eletricidade. Antigamente, até que havia certo burburinho. Alguma lona, feirões de carros usados, gente empinando pipa temperada com vidro moído. Mas agora só sobrou um par de traves em cada canto da várzea e um quiosque de secos e molhados com o teto desmanchado.

Você não me daria um arrasto?

Me apresso a dizer que sim, sem nem antes perguntar para qual lado.

Maravilha. Só preciso ajeitar isso lá atrás. Não tem problema, né?

Abri a carroceria e ela foi me passando uns cestos cheios de pincéis e bisnagas, depois um pano felpudo com manchas de tinta e um cavalete que não era muito leve, não.

Essa aqui eu levo no colo comigo, ainda está molhada.

Quando fui puxar o freio, tentei dar uma espiada.

Pode olhar se quiser. Só não rela.

Abusando dos marrons, o que ela tinha pintado ali era a cópia cuspida e escarrada da paisagem à nossa frente. Mas no meio do quadro não estavam as traves, mas sim as duas torres de energia que se erguiam no fundo. Formando uns barrigões, os fios iam seguindo as torres de par em par, até que elas ficassem miúdas no horizonte.

Vo-você não é daqui-qui não, é? Perguntei e ela rasgou uma gargalhada.

Eu devo levar isso como um elogio?

Fabi estava de passagem. Tinha chegado há dois dias e amanhã seguiria viagem. Uma pintora errante, cidadã do mundo, sua casa era seu chapéu, me explicou, nos últimos tempos andava por aí em busca do que chamou de monumentos. Estava pintando torres de energia, dessas que se enfileiram como dominó no meio dos pastos.

É uma série chamada *Autorretratos*. Este é o *Autorretrato nº 15*.

Concordei balançando a cabeça.

Não sei se você vai entender, mas elas assim paradas no meio do nada, sua enormidade de cabos e vigas competindo. Siderais, atávicas, bovinas.

Ela então olhou para a tela e começou a morder a unha do indicador.

Ninguém pode com o artista em sua fase obsessiva. Ela riu outra vez, arreganhando com força o batom.

Se você já está assim com essa cara, nem queira saber do tempo em que eu só pintava lojas de piscina. Essas piscinas de pé que ficam plantadas na beira da estrada, ali onde ninguém sabe bem se a cidade começa ou termina. Colossais, áridas, severas. Me renderam uma série de vinte e um quadros que batizei de *Exílios*.

Tentando entrar no assunto, disse que na cidade havia o Museu dos Ferros que era uma beleza e valia a visita, mas não sei se ela deu atenção.

Eu não me criei do nada, é claro. Comecei como se deve começar: desenhando legumes. Isso ainda no tempo do colégio. Um dia um professor reparou nas minhas notas baixas e nas bordas rabiscadas dos meus cadernos e disse que se eu tivesse disciplina e força de vontade, chegaria lá.

Já estávamos quase na entrada da cidade e fui diminuindo a velocidade para conseguir escutar até o fim.

Depois, eu parti pra cima. Passei a vender desenhos feitos na hora em frente a uma churrascaria da minha cidade. Deixei uma cartolina FAÇO SUA CARICATURA EM QUINZE MINUTOS e fui ficando cada vez mais treinada. Chegou um tempo em que precisava de apenas três ou cinco. Aos finais de semana a fila dobrava o quarteirão. Era um verdadeiro sucesso. Mas uma coisa em mim não se satisfazia. Sentia que o mundo me reservava coisa maior.

Po-posso te deixa-xar na praça?

Ela balançou a cabeça sem interromper sua história. Falou sobre tinta guache, sobre dom e esforço, preço dos aluguéis e sobre o pintor de um país, não lembro o nome, viciado em pintar latas de conserva. É como um pai para mim, ela disse piscando os olhos.

Antes de descer, Fabi disse que não sabia nem como agradecer. Então apanhou uma nota fiscal no lixinho pendurado na marcha do carro e, com cinco ou seis retas, me desenhou no verso. Tolice a minha achar que a pose tinha algo a ver com me manter parado. Ela apertava a caneta com todos os dedos, como se segurasse uma lata. Quando me reconheci, tinha as orelhas de abano e as pupilas vazadas.

Não se esqueça de mim. Ela disse batendo a tampa da carroceria depois que descarregou toda a parafernália.

MAMÃE ESTÁ TÃO REAL que até faz tremer os copos sobre a mesa. Tento fazer alguma piada para desviar atenção, mas não dá muito certo. Simão rosna para mim e dá uma mordida no seu pão com cebola, depois de encharcar ele na canja.

Hoje ela está impossível: a louça inteira se sacode fazendo pirraça, como se houvesse um terremoto plantado debaixo da mesa. Simão inclusive. Não para de se tremer na cabeceira. Seu rosto tem a cor de uma mastigação. Pelo menos isso. Receava que ele demorasse mais que o necessário diante do prato. Temia que ele fosse trágico e deixasse a comida esfriar bem na sua frente. Pelo contrário. De boca cheia, ele balbucia: passa o sal. Às vezes meu mano é um poeta.

Chegando com a frigideira, vejo que uma colher se aventura demais para a borda e agarro antes que se esborrache no chão. Antigamente, quando os objetos de casa caíam, mamãe dizia com firmeza: confirmou. Eu só não sabia exatamente o quê.

É fascinante e terrível: a colher que eu seguro de repente começa a torcer sua gola. Olha que tal proeza é novidade até mesmo para mim. Dos talheres, só sabia que era prudente escondê-los em noite de temporal. Metal solto chama raio. Agora essa. Sem trégua, o cabo vai se entortando todo em sua cãibra. Nessa envergadura, acabo descobrindo um impossível: a colher se deita.

Não testemunhei com as facas. O garfo é arisco. A sopa é um som.

HOJE MEU MANO raspou todos os pelos do corpo. Ano zero.

O INFELIZ DO GATO CAVOUCAVA O QUINTAL, mas eu não dava muita atenção. Estava concentrado em quebrar uma casca de noz na dobradiça da porta. Já meu mano andava de um lado para o outro em busca dos seus cigarros. Não os encontrava por nada. Até exigiu que eu ficasse descalço e espiou dentro dos meus sapatos. Bateu a sola contra a mesa, tirou as palmilhas. Quando ele se põe desconfiado é um deus nos acuda. Não seria exagero dizer que daqui a pouco ele iria enrolar pó de café no guardanapo e sair pitando. Simão sabe ser inventivo quando quer.

Tem chicletes na geladeira, arrisquei, tentando aliviar a situação. Ele relutou um pouco, mas acabou cedendo. Pegou um pacote fechado que estava entre os ovos e as torradas e botou quatro na boca de uma vez.

Que paisagem nós éramos. Eu ouvindo os estralos que o batente da porta fazia na casca. Simão dando dentadas na goma de canela com a boca toda arreganhada. O gato debaixo do pé de limão azunhando a terra. Sabe-se lá o que se passava na cabeça do bicho. Enfiava a fuça dentro do buraco e parecia tentar chupar ele como uma draga.

Fato é que enquanto eu encaixava a penúltima castanha na porta, comecei a ouvir seu miado. Algo estranho para um gato como aquele, tão reservado. Até mesmo Simão desconcentrou um pouco seu rancor e ficou intrigado. Nós dois descemos os degraus do quintal. Fomos seguindo aquele barulho que mais parecia uma sirene. Um barulho que poderia muito bem ser de uma ambulância ou da hora do almoço em uma mina.

Paramos debaixo dos galhos do limoeiro, a uns dois metros do buraco onde ele acabou enfiando a cabeça. O miado abafou e em seguida sossegou completamente. Nem mais um passo, senti que meu mano dizia através do olhar. Dava para ver que o pescoço do bicho se remexia como se ele estivesse engasgado ou esfriando uma sopa. Mesmo assim, fui chegando mais perto. Nunca vi gato tomar sopa. As mãos de Simão tremiam como vara verde. Talvez ele se mijasse. Psiu. Bichano. Ei. Fedorento. Eu disse com a voz meiga. Na distância que nos separava, já dava para puxá-lo pela cauda, dizer-lhe umas poucas e boas. Mas não foi preciso. Aos poucos ele foi desenterrando a cabeça. Deu uns passos andando de costas. Já está, disse buscando reconfortar Simão. Mas vi que a face de meu mano se desfigurou. A boca descolou do lábio, seu olhar apodreceu. Subitamente o semblante de Simão perdeu toda a espessura. Só quando olhei na direção em que ele olhava, entendi. O gato havia se virado e, com isso, escancarava a mandíbula em uma enormidade sorridente. De orelha a orelha, o gato ria para nós com uns dentes caprichados. Um filhote de cruz-credo recém-saído do dentista. Imediatamente, reconheci a dentadura de mamãe mordiscada na boca dele. Então era por essas bandas que ela tinha passeado. Como não havia pensado nisso antes? Fazia todo sentido. Por estar afundado nessas conclusões, acabei me descuidando de Simão. Por isso, nem me dei conta de quando ele não estava mais do meu lado. Por isso, nem me dei conta de quando ele voltou avante empunhando uma enxada ou era um toco ou era uma colher ou era um instrumento de fatalidade qualquer. Por isso, não pude evitar certas passagens e certos berros. O que sucedeu em seguida? O resto são palavras que não merecem ser ditas. O resto é esse inevitável que, mais dia menos dia, havemos de ter com o nó das tripas. Faz sentido, eu sei. Mas é um sentido ruim.

AS ÁGUAS CHEGARAM ASSIM. Fazendo alastrar logo com os primeiros pingos um cheiro de manteiga velha do chão. Chegaram ensopando os ninhos de cupins, as tocas dos bichos buraqueiros, as gavetas velhacas sobre janelas maldosamente abertas. Chegaram arredondando de vez a lama do brejo, a cabeleira dos grilos, o rombo nas abóboras mal brotadas. Atiçando barulheiras, impondo sigilos nas frutas que se esforçavam nos galhos. Chegaram invertendo as noções, deixando o vinco do dia cinzento. Estapeando as vidraças com zanga, e que culpa tinham as vidraças? Chegaram trazendo um palavrório para as calhas, que logo se puseram tão aguadas e discursivas. Arrebentando os fios do varal, talvez os fios da telefonia. Lavando e fazendo mais sujeira. Lavando e fazendo imundícies. Engordando, dando sustância, tutano para esse lamaçal, para esse charco, para esse atoleiro que estufa e sorri maior como se, a qualquer momento, também quisesse cumprir a ossatura que percorre a casa.

SERIA IMPOSSÍVEL NÃO MENCIONAR: a voz de meu mano foi enxugada para fora do seu pescoço. Ele não deu a mínima, acredito que de início nem percebeu. Age como se fosse alguma coisa que caiu do seu bolso. O olhar cada vez menos nutrido, sem apetite de mundo.

Eu socorri, insisti, apelei. Mandei ele abrir bem a boca e botar a língua para fora. Segurando uma caneta e lançando o olhar para o fundo, instruía que ele soletrasse cada vogal que conhecia. O pior de tudo é que eu até via o sino da sua garganta trabalhado, o cabo da língua empinado, as tentativas de ar. O som não vinha.

Quem me dera dizer que Simão estava encantado.

Muito rapidamente, ele desistiu dos lábios. Como já disse, ele não deu a mínima. Agora atravessa os dias com a boca completamente trancada e é com muito custo que consigo fazer passar por ali uma colher de sopa. A colher com a sopa que antes paro diante de mim e assopro com muito excesso e depois oferto ao seu rosto aluado. Eu, que tenho voz de sobra, me sinto cada vez mais obsceno diante desse Simão sem mordedura. Não fosse tamanha a minha aflição, faria um esforço.

Diria a mim mesmo: veja pelo lado bom, agora Simão se tornou um tremendo confidente, um lugar adequado onde plantar os segredos. Meu senhor. Às vezes me machuco com meu próprio otimismo.

CORRO DE UM LADO PARA OUTRO CATANDO BACIAS. Sequer posso contar com meu mano para me acudir com os pontos onde as goteiras arrancam. Tive de pegar ele pela mão e conduzi-lo até o quarto para livrá-lo de uma. Estava lá, sentado na cabeceira da cozinha encarando uma torrada crua. Os pingos exclamando na sua cuca e ele nem nem. Meu mano, não faz assim. É o que dá vontade de dizer enquanto esfrego a toalha ao redor das suas franjas. Ele parado como um dois de paus no centro do quarto. Deixo ele lá e vou lidar com o resto. Muitos umbigos infestam nosso telhado.

UM SOL LAMBÃO DESPONTOU NO HORIZONTE. Aproveito para deixar em cima das telhas um par de camisas de Simão. Não que vá durar muito a trégua, mas finjo que só isso já basta. Voltando pelo quintal, afundo o pé em uma poça e sinto esmagar um não sei quê carnudo. Quando aproximo o rosto, vejo correndo na água uns quantos girinos. Reconhecer aquele pegajoso esmigalhado entre os dedos do pé me dá calafrios. Pois é. É tempo de não deixar água sobrando no fundo das canecas.

COM OU SEM IRONIA, todas as vozes que infestavam o chão sumiram junto com a de meu mano. Uma a uma. Elas, que a essa altura já haviam se tornado parte do meu convívio. Elas, para as quais eu distribuía apelidos sem nunca ousar um nome: A Fanha, A Reumática, A Barítona, A Abelhuda, A Que Cochichava, A Que Não Sabia Usar As Vírgulas. Outras mil. Olhando bem, é curioso que jamais tenha topado com uma gaga.

Durante sete dias, eu ainda fui consultar. Achei que só tinham ido ali e já vinham. Em vão emporcalhei a maçã do meu rosto me deitando no lamaçal enquanto chovia fino. Ficou tudo calado e barrento. Não: não se pode repuxar uma voz do chão como se arrancam os cabelos de uma cenoura. Não sei se é culpa do alagadiço que tomou conta e agora apodrece as raízes das murtas e vem afugentar essas vizinhanças tão cavoucadas. Penso se as vozes sofrem de pavores. Como açúcar na água.

TENTO ESTAPEAR AS MOSCAS QUE ME COMEM O BRAÇO. Chove e elas passam todas para dentro de casa. Eu estava ali, chupado, no calor da hora, distribuindo coceiras e bufando. Simão esparramado na poltrona parecia não se incomodar. Não podia deixá-lo largado à própria sorte. Por isso resolvi dividir minha unha com ele. Embora ele mal se mexesse e não esboçasse a menor careta de desgosto ou aprovação, eu procurava as picadas dele. Ia intuindo com minha mão onde ele se ardia. Não sei dizer se estava adiantando. Uma coceira é algo tão exclusivo. Era como arranhar um outro idioma. É com pesar que digo: meu mano ficou definitivamente entre aspas.

COMEÇO EU MESMO A SENTIR MULTIPLICAÇÕES EM MIM. Ranhuras. Mordo a língua de aflição só de imaginar tabuadas. Até então eu tinha o pensamento com bons temperos. Era desses que lambem a palma da mão antes de alisar o penteado. Desses que enxugam bem as colheres só para poder ver o próprio reflexo morando nelas. E que quando me reconhecia ali, me sentia estranhamente realizado. A ponto de quase me escutar dizer: seja bem-vindo.

VENDO POR OUTRO LADO, meu mano já não se ocupa mais de arrancar a própria barba. Os pelos agora voltam a brotar mansamente pelo seu corpo e duram. Seu rosto com os fiapos despontando lembra uma batata afogada em um copo d'água. Isso significa dizer que Simão ficou destemido? Seria um salto um tanto apressado. Está magro como uma folha sulfite e nem sinal da sua voz ainda.

Por falar nisso, tal sumiço tem sido motivo de grande inquietação. Como doido me peguei mais de uma vez imaginando encontrá-la engastalhada ao passar a vassoura debaixo de alguns armários. Meu pensamento ia longe. Listar: lugares aonde a voz de Simão pode ter ido. Desconfio especialmente do gargalo da moringa. Só isso não iria bastar. Esboçar: artimanhas, capturas, armadilhas. Para mim era evidente que não se apanha voz com uma peneira. Acha que é só assoviar e ela vem? Algo mais infalível. Uma arapuca de graveto e barbantinho: deixar um punhado generoso de fubá. Será que tenho febre? É um me acuda, me acuda. Eu nem sequer sei se esse é o seu farelo predileto. Mas e se for o contrário? Eu parava para pensar segurando o cabo da vassoura com as duas mãos. E se sua voz não tiver fugido para fora, seu tolo. E se estiver enfurnada mais pra dentro dele ainda? É um bom palpite. Mas só um doutor para vasculhar Simão e dizer se ele tem a voz alojada no fígado.

SE O VENTO ENGROSSAVA, não tinha jeito: nada fazia a televisão pegar. Quando ela saiu do ar, o auditório acabara de aplaudir um senhorzinho com um fantoche. Ele conseguia fazer o boneco falar, ao mesmo tempo que bebia um copo d'água. No extremo do sofá, Simão dormia sentado. Estava de cueca e meias.

Fui pegar uma coberta para agasalhar meu mano e quando olhei para cima, reconheci um volume me chamando de cima do armário. Já havia me esquecido daquele presente. De volta à sala, cobri Simão e sentei na outra ponta do sofá. Raspando a poeira da capa, comecei a ler em voz alta, assim, como se fosse uma história de adormecimento:

Entre os rios Tigre e Eufrates, se localiza uma região onde floresceram as primeiras civilizações da história: a Mesopotâmia. O nome Mesopotâmia significa "terra entre rios". Também conhecida como parte do Crescente Fértil, essa região é caracterizada por um clima desértico, quente e seco, contrastando com a presença de rios volumosos.

TALVEZ SE EU QUEIMASSE AS ERVAS CERTAS ou a bosta seca de algum bicho, quem sabe assim os mosquitos dariam trégua. Havia um tempo, é verdade, em que mamãe pendurava sacos cheios d'água com barbante presos no teto. Era uma manobra contra os pernilongos, pois, segundo ela, eles eram infames e estúpidos. Aquelas sacolas estufadas pareciam implorar qualquer espécie de ordenha ou arrebentação. E lá vinha meu mano, sua vocação pontiaguda. Simão sempre foi um tipo de muitos galhos. Um palito de dente, os estouros festejando, encharcando as porções de arroz, se esborrachando sobre os objetos sonolentos que compunham a casa.

SIMÃO TEM ME OLHADO TANTO. Como uma tesoura sem ponta.

FUI MATAR A SEDE. A torneira da pia saiu com uma água cor de cobre. Barreado, lameiro, sujidão. A imundície comoveu meus olhos até não poder. Então entrei em um inacontecível. Lavar a água. Não me pergunte como. Ninguém que ouse me censurar.

A ESCRITA CUNEIFORME, desenvolvida na Mesopotâmia pelos sumérios por volta de 3400 a.C., é uma das mais antigas formas de escrita conhecidas. Caracterizada por seus sinais em formato de cunha, impressos em tabuinhas de argila, a escrita cuneiforme permitiu o registro de uma vasta gama de informações, desde transações comerciais e leis até correspondências pessoais e literatura.

JÁ PASSAVA DA HORA DE DAR UM TRATO EM MEU MANO.
Ajeitei Simão em uma cadeira meio manca na varanda com vista para a garoa. Ele não ofereceu nenhuma resistência e pensei que lhe cairia bem um golpe de ar fresco. Depois, amarrei uma toalha de café da manhã em volta do seu pescoço. Parecia amigado com aquela estampa. Melões cobrindo seus ombros, a barra alcançando seus calcanhares. Só a cabeça sobressaía no pano.

Fiz tudo no olho. Não tinha ao meu dispor revistas onde pudesse consultar penteados. Comecei recortando suas costeletas e aparando sua barbicha. Às vezes, recuava uns três passos, tesourinha de unhas aberta no ar, tentando adivinhar do que os centímetros são feitos. Depois, eu engarfava meus dedos até trombar no seu couro cabeludo. Fechava os olhos e deixava escorrer como se estivesse com as mãos espalmadas para fora do vidro de um carro.

Aos poucos, vi ele se despojar. Seu rosto foi aparecendo por detrás daquela pelagem. Quase cheguei a lhe dizer: seja bem-vindo. Barba feita, cabelos aparados e lambidos com margarina. Simão estava lindo, americano. Segurei uma assadeira por trás da sua nuca, mostrando como havia ficado o pezinho. Esperei que assentisse, mas ele só se ocupava da chuva. No chão, os tufos esvoaçavam conforme o vento ou meus chutes. Pareciam a serragem da cana depois que a queima sossega. Mais tarde, enquanto varria, pensei que era um tremendo desperdício, tantos bocados de meu mano existindo assim em avulso. Já era tarde demais, mas pensei que podia ter guardado como fazíamos com a paina. Costurar uma almofada estofada com os cabelos de meu mano.

HORAS SENTADO NO DEGRAU DA VARANDA pajeando uma caixa de marimbondo debaixo da chuva. Ainda não escurece. As mangas amolecem nas poças. O mundo está calmo aqui.

UM RAIO. Melhor dizendo, um coice. Por pouco não me pegou em cheio. Nem cinco minutos antes eu socava uns tufos de bucha nas antenas tentando melhorar o chuvisco da televisão. O estrondo desceu. Os talheres cantaram. Por alguns instantes, todo centímetro de mundo desvirtuou. Para mim e para Simão só restou a noite. Nossos corpos latejando na penumbra.

Em um ato de bravura, encontrei um cotoco de vela ao tatear qualquer gaveta. Acendi o pavio no bico azulado do fogão e depois me agilizei para conferir se meu mano estava intacto.

Persegui seu corpo com a chama. Não aparentava ter nada convulso ou chamuscado. Só uns clarões, esses já mais mansos, que às vezes repicavam lá fora e escorriam pelas janelas. Daí sua figura surgia inegável para mim. Era árdua: a pele de Simão trabalhada por relâmpagos.

Tanto que nem percebi. Tão detido que estava no seu corpo, acabei não reparando o assunto com a sua sombra.

Preguei a vela no gargalo de uma garrafa e fui deixando as redondezas assentarem. Conforme o fogo se debatia, mentindo os formatos e tamanhos, me lembrei de um velho divertimento. Com os dedos espanados diante do fogo, abri uma pombinha.

Antigamente era hábito nesta casa brincar com os contornos quando a força caía. Simão mesmo adorava boxear com a própria sombra. Isso não é co-coisa que se fa-faça, eu dizia mordendo os lábios, mas ele não me dava ouvidos. Com os punhos fechando a face, trocava o peso de uma perna para a outra e distribuía socos na direção da parede. Socos que já vinham sempre revidados.

Deu no que deu.

Agora eu fazia um coelho de orelhas quebradas. Uma de minhas especialidades, modéstia à parte. O que me incentivou foi notar que Simão acompanhava tudo de olhos pregados. Há séculos que não o via tão atento. Aquilo me arruinou de alegria. Jamais fomos tão felizes, meu mano. Quis dizer, mas não disse.

Algo nele se agitou. Ficou balançando o pescoço contra o braço do sofá. Primeiro pensei que se tratasse de um dos seus casos de coceira e estava pronto para lhe entregar minha unha, mas aos poucos ele foi se erguendo. Hesitou um pouco e acabou ele mesmo estendendo o braço tentando alcançar a vela. Sua mão cercava o fogo lado a lado. A luz bem que tem esse costume de convidar infestações.

Ué. Deixei escapar sem querer e no mesmo instante senti raiva de mim por dar tanta bandeira. Simão se fez de surdo, mas tenho certeza de que ele ouviu e que aquilo o despedaçou por dentro.

A sombra de meu mano tinha extraviado.

Repare. Eu não disse que ela havia sofrido um sumiço. O que aconteceu é que a silhueta já não coincidia mais com o vulto. Simão abriu e fechou os dedos na frente da vela e a sombra lá, parada de braços cruzados, se recusando como se tivesse pedido demissão.

Para ser honesto, aquilo me parecia apenas um caso de teimosia passageira. Uma birra. Mas era natural que meu mano demonstrasse certa inquietação. Por isso não me surpreendeu seu acesso enérgico. De tocaia, ele subitamente arrancou com o peito para a frente e tentou segurar sua sombra, fechando o punho. Foi o mesmo que peneirar fumaça. Sem esforço ela pressentiu o gesto e deslizou furtiva para o teto. Ficou dando voltas ao redor do lustre, caçoando como um ventilador.

Depois disso, eu vi a viola em cacos. Simão começou a fuzilar a dita cuja. Almofadas, bules e chinelos voando por cima de nossas cabeças. Até cuspiu para cima tentando ofendê-la.

Quando ele enfim fez uma trégua, a sombra bocejou. Com uma calma afrontosa, ela escorregou pela parede e tomou encosto em uma poltrona na cabeceira da mesa. A exibida: sentou de pernas cruzadas como se estivesse pronta para a hora do chá.

Antes que meu mano retomasse sua artilharia, pousei a mão sobre sua coxa. Deixa comigo, era o que o gesto mencionava. Jamais havia lidado com esse tipo de conflito, mas acreditei que era possível alguma negociação.

Descobri o aparador no escuro e de lá arranquei um prato raso. Depois vasculhei a geladeira até achar uma caixa de leite pela metade. Pelo menos esse não vai azedar, concluí, me sentindo muito prático.

Despejei o leite cobrindo o prato e deixei pousado na frente dela. A sombra ficou examinando desconfiada, fazia que ia e não ia, até que acabou cedendo. De bruços, o peito estufado, a sombra se esbaldou cheirando aquela refeição.

É agora ou nunca. Sem que ela me visse, agarrei seus calcanhares e a arrastei de volta para meu mano. Ela esperneou um pouco, quis azunhar as tábuas, mas acabou se dando por vencida. Embolei-a entre as mãos e mais parecia que eu torcia um pano de prato sobre a pia. Até me passou pela cabeça que não seria de todo ruim bater ela no tanque. Deixá-la no varal fazendo hora com um pregador em cada pulso. Um tempo em um balde é sempre bom para descansar as ideias. Voltar com ela lavada e passada. No final das contas, ninguém deseja andar por aí com a sombra toda amarrotada.

Mas não temos tempo para isso, pensei enquanto guardava a sombra dentro de uma panela. Fechei a tampa com muito cuidado e botei o ferro de passar roupa por cima para fazer peso. Ora ou outra o ferro chacoalhava como se ali dentro estourassem pipocas.

E vocês se comportem, exclamei com uma severidade inédita encarando Simão. Meu maior medo era que os dois se atracassem enquanto eu procurava os utensílios necessários pela casa.

A primeira tentativa foi estúpida, mas eu não podia me dar ao luxo de não arriscar. Apanhei um pedaço de sabão todo empedrado e esfreguei na sola de Simão, achando que assim a sombra iria grudar. No máximo aquilo serviu para desencardir um pouco suas frieiras.

A segunda ideia foi grampear a sombra em meu mano, o que me parecia brilhante a não ser pelo inconveniente de que não tínhamos nenhum grampeador em casa.

Enfim, fui razoável. Voltei do quarto de mamãe com a lata de biscoitos onde ela guardava seu kit de corte e costura. Há ocasiões em que os fins justificam os meios. Com a luz mirrada que saía da vela, encaixar a linha no buraco foi uma prova de fogo. O suor se alastrava nos cantos do meu rosto, as lentes dos meus óculos embaçavam. Eu lambendo a ponta do carretel querendo trazer para a linha alguma dureza. Não me devoto a nada, mas de repente comecei a botar uma fé muito grande naquela agulha.

CAÍA NOVAMENTE O AGUACEIRO e temi que os tijolos de casa não fossem bem cozidos. Meus olhos coados de sono vigiavam qualquer fresta um pouco mais bamba nos batentes das janelas. Já meu mano foi cedo para o quarto. Nem encostou nas batatas que lhe esmurrei com tanto capricho. Durante horas estive pregando fita crepe nos trechos onde as goteiras insistiam. Agora fica parecendo que o teto voltou estropiado de alguma enfermaria. Antes de me deitar, ainda conferi a tranca de cada vidraça e botei uns grãos de arroz dentro do saleiro. Depois fitei o rosto de Simão, que dormindo parecia um oceano pacífico. Considerei a secura uma última vez. Catei um pedaço generoso de baba com a ponta dos dedos e apaguei a vela.

SIMÃO ESCAPULIU.

Não gosto de acreditar nessas coisas, mas meu mano devia mesmo estar encurralado pelos poucos gestos que sobraram para ele. Tolo fui que não tomei nenhuma providência à altura. Logo quando emudeceu eu já devia ter lhe arranjado uns guizos. Quem sabe assim conseguiria pajear melhor seus trajetos entre o banheiro e a cozinha. Ele badalando pelos corredores, com um vigor de meio-dia. Ou, então, arrumar um carretel grosso. Um barbante atado no seu tornozelo que avisasse os metros nascendo entre mim e ele. E se o fio encurtasse, eu dava um jeito. Emendaria as gravatas, os arames, os cadarços. Eu dava um jeito.

SIMÃO ESCAPULIU.

Simples assim. Eu poderia pigarrear, fingir costume. No fim das contas, poderia dizer apenas isso: Simão escapuliu. Como se duas ou três palavras fossem capazes de nos resumir, de nos justificar.

E depois? Depois eu daria para perambular sobre a terra. Ser dessa laia que só devora raízes cruas. Talvez jejuar. Sim, com certeza jejuaria. Com meus olhos estragados, estudaria a migração das aves. Leria a sorte nos grãos de arroz. Correria muitos perigos. Por fim, escreveria cartas bem traçadas no papel de pão:

Querido Simão, já se passou mais de um mês, você não faz ideia do que aconteceu. Querido Simão, o tempo aqui é bom. Querido Simão, você ia achar um barato. Querido Simão, venho por meio desta. Querido Simão, você bem que podia me escrever. Querido Simão, tenho pensado cá com meus botões. Querido Simão, você é realmente uma peça rara. Querido Simão, há um assunto que preciso tratar contigo.

Mas Simão escapuliu, a saliva me sobra. Eu fico todo ardido.

SIMÃO ESCAPULIU.

Pela janela, como um gatuno. Sei disso porque a chuva visitou meu rosto e muito rapidamente empapou todo meu travesseiro. Eu sentei no colchão bocejando e as gotas me aporrinharam de tão fininhas. Lá fora, a noite estava plena de assovios.

Quis ver se o colchão de Simão também estava encharcado e não sei o que foi pior. Não encontrar ele ali, enquanto alisava o lençol, ou murmurar comigo uma frase tão traidora: está morno, ainda.

Apostei no meu presságio. Nem perdi tempo caçando meu mano nos cômodos vizinhos. Vesti uma capa de lona por cima do pijama e guardei uma vela acesa dentro do fogareiro. Deslizei, também eu, pelo beiral escancarado.

Quando afundei as pernas no lameiro a alça do meu chinelo arrebentou. Fiquei patinando com a lamparina, implorando para o fogo vingar apesar dos trancos. A sorte é que quando olhei ao redor da tira arrebentada, reconheci a camiseta que Simão vestia, atirada bem ao lado. Eu a ergui da poça e ela tinha o dobro do peso. Cheirei e disso supus a trilha:

Entre as cabeças de repolho, encontrei a meia esquerda.

Em um galho de goiabeira, recolhi a calça.

A meia direita boiava no bebedouro dedurando meu mano.

A cueca, amassada rente à cerca, sorriu pra mim fazendo promessas.

LÁ ESTAVA SIMÃO, debaixo da Figueira, vestido apenas com os próprios cabelos. Estava agachado. Parei diante dele sem saber usar as perguntas. Ensopado, peludo como um bruxo, na mostração das partes: meu mano mijava. Por detrás, o pneu agarrado no galho fazendo de má companhia. Tudo pendendo: meu mano mijava de cócoras.

Soube porque uma água mais morna arrasou o chão e encontrou a sola do meu pé. Aceitei sem fraquejar. E assim, com a terra cheia de misturas, fiquei encarando meu mano. Encarei tanto e com tanto olho que até me esqueci dele. Naquela hora úmida, meu mano era o pomar. Sim. O jambolão furado no bico. A noite com sua barra esgarçada e medrosa. A ventania que lambuza o bambuzal. Meu mano era a saliva de todos os quiabos.

Quando dei por mim, a vela já queimava rasteira e coitada. Simão continuava lá. Incorrigível. Sem se erguer por nada. Como no tempo das apostas, ofereci minha mão arriscando um último lance: é mais que hora, Simão. Vamos. A terra está deslavada.

VAI, AZULÃO, VER MEU INGRATO. Desde ontem que ele não sai do pé da Figueira. A noite inteira fiquei sem pregar os olhos imaginando Simão ao deus-dará no relento. Sua pele descoberta como estava era um prato cheio oferecido aos bichos. Carrapatos e taturanas cravando no seu lombo, enroscando nos pelos do seu sovaco. Isso sem contar as folhas de urtiga.

Antes do dia nascer, eu já estava ao seu lado com um copo de leite fervendo e um misto-quente. De praxe, ele sequer encostou. De qualquer jeito, deixei lá caso ele mudasse de ideia. Só esta manhã fui sete vezes tentar algum convencimento e voltei com as mãos abanando. Ele me fitava como se eu fosse um estranho, seu olhar bocejava.

HÁ TAMBÉM O DETALHE de que o dia amanheceu estiado. E isso também não nos favorece. Só agora o sol resolveu dar as caras e as cigarras ficam estraçalhando. Não demora e a terra volta a firmar, chupando as poças e mostrando pouco a pouco a baderna que tem sido feita nos últimos tempos: há coisa de teto no chão, há coisa de chão no teto.

DEVO, ENTÃO, trazer Simão pelo braço?

DE TARDE, saí para caminhar beirando a cerca da estradinha. Ver se desencardia o nome de Simão da minha ideia. Mas nem que eu quisesse. Olhava ao redor e via como tudo estava invertido na imundície. Arame, colchão, boneca. Mesmo os morros que cercavam o horizonte desde que o mundo é mundo, como cacos de vidro pregados em um muro, pareciam agora mais lambidos.

Depois de uma passada, avistei um trio de gambás fuçando uns entulhos. Corri atrás deles erguendo um graveto, mas eles logo foram se esconder na carcaça de uma poltrona. Só via os rabos pelos rasgos de onde também vazavam as molas. Agora não vão sair dali tão cedo.

No caminho de volta, fui vendo se dava para aproveitar alguma coisa. O pingente de algum lustre, a rosca de alguma torneira. Sortear algum amuleto do lixo. Ou pelo menos guardar até que algum dono viesse reclamar a posse. Tudo é bom e nada presta. Eu juro: quando erguia algumas sucatas do lodo, não sabia dizer se um tamanco é mais triste que uma lata de pêssegos em calda vazia.

JÁ É O SEGUNDO DIA. Desfolhando uma alface, me descubro repetindo o dito do bem-me-quer, mal-me-quer. Me pergunto como Simão tem passado. Me pergunto até onde Simão está disposto a ir.

MEU MANO ESTÁ DISPOSTO A IR MUITO LONGE. Comecei, então, a fazer de conta. Fingia que tinha assuntos para resolver no pé da Figueira e que não lhe dava importância. Passava por ele sem olhar, cantarolava bem distraído. Nessas idas e vindas, aproveitei para espiar com o rabo do olho. Percebi que Simão estava concentrado com as mãos no chão. Seu braço inteiro sumia dentro de um cavado. De lá pra cá, meu mano decidiu um buraco.

PROVEI MEU MANO TRÊS VEZES.

Primeiro foi o carteado. Sentei na sua frente, espanando o maço bem alto. Distribuí cinco para cada. Enquanto eu ia ajeitando minha mão, Simão nem sequer ficou tentado a espiar suas cartas.

Depois cheguei com os chicletes. Todos os sabores que encontrei revirando os bolsos das camisas e o porta-luvas do carro. Arrumei eles enfileirados, cumprindo tudo entre a canela e a menta. Não salivou.

Por último, uma carteira de cigarros novinha. Queimei um e deixei aceso em cima do pneu, esperando que, mais cedo ou mais tarde, o cheiro atiçasse meu mano.

ÀS SEIS DA TARDE, o buraco já estava bastante avançado. Cabia tudo do umbigo para baixo. Isso para não comentar que Simão não contava com nenhuma ferramenta. Foi-se o tempo em que agarrava colheres e enxadas. Ele sumia ali dentro e voltava à tona embalando uns nacos de terra que depois atirava em um montinho ao lado.

Respirei fundo e fui até a Figueira. Havia ensaiado uma centena de argumentos, mas quando finalmente me vi diante dele, as ideias vieram empelotadas: meu mano, eu sei que tudo foi muito. Ele não se deteve nem por um instante na sua maquinação. Venha cá, juntos podemos arrumar os consertos. Fui chegando mais perto até que segurei o seu pulso com firmeza. Simão, uma coisa é uma coisa, outra coisa é outra coisa. Ele parou e ficou encarando meus dedos como estudioso. Só depois se fez feroz. Sem levantar o olhar para meu rosto, virou um supetão que pegou bem na boca do meu estômago. Eu mal tinha caído no cascalho e ele já retomava sua cavoucagem.

A PONTA DO BAND-AID chega a esbarrar na sobrancelha esquerda. Me olhando no espelho do banheiro fico cutucando. O tombo emprestou um galo generoso para a minha testa. Caí direto em umas pedrinhas pequenas, mas dentuças. Quando levantei e bati a terra do rosto, vi os dedos voltarem encharcados de vermelho.

O baque também acabou fatiando o vidro dos meus óculos. Não chegou a estilhaçar, mas agora a lente fica recortada por uma centena de linhas. Uma teia de aranha em cada olho, multiplicando tudo. Seria milagroso, se não fosse trágico. Como sonâmbulo, precisei andar para dentro de casa com os braços estendidos. Já no meu quarto, decidi que era melhor aposentar eles de vez. Até aqui foi uma tremenda aventura, meu amigo, murmurei trancando a gaveta.

MEU MANO DA TRISTE FIGURA. Esta manhã já estava vertical naquela toca. O buraco cumpriu ele inteiro: peito, escápula, ombro. Só sobrou a gola e a cabeça para fora. Toda hora eu ia para a varanda ver de longe. Suspirava inquieto, trocava o pano de prato de ombro. Ele lá, plantado com uma pose de trigo que não quer florir. E me dava uma vontade de blasfemar: o que foi, meu mano, por acaso cresceu grama sobre seu vocabulário?

ALI COMO ESTAVA, Simão era mais que uma coisa. Simão era um coiso.

FICO A VER NAVIOS E A ROER ASPIRINAS. Uma atrás da outra, os dentes não se cansam. Minha dor perdeu o enredo. Quando apalpo os roxos, sinto que ela escorrega de um músculo a outro. Só consigo lembrar da vez em que afundei meu pé em um prego. Mamãe, ignorando meu berreiro, se apressou para cortar um limão. Eu soluçava apontando o furo aberto e ela, em vez de socorrer meu pé, passou por mim e foi acalmar o prego. Ora. Lambuzava bem a rodela na ponta enferrujada, consolando baixinho: vai sarar, já vai sarar. Nunca na minha vida havia imaginado que seria possível sentir ciúmes de um prego. Mas o tempo passou, e agora, cutucando cada trecho dolorido do meu corpo, entendo perfeitamente. Meu coração está com dor de garganta. Mamãe era muito sabida.

POMBAS SE REVEZAM SOBRE A CUCA DE SIMÃO. Devem ciscar algum ninho. Uma borboleta pousada na ponta do seu nariz abre as asas. Meu mano, um felizardo. Sim?

E AGORA, COMO EU FICO NESTA CASA? Desconfiando das fronhas? Maldizendo os azulejos? Eu sou gago e Simão só sabe ser maciço.

A HORA PRESTES A SUCUMBIR, EU QUE ME ARRANJASSE. Antes de sair, deixei todas as portas e janelas escancaradas, como nas vezes em que uma pombinha entrava por engano ali e ficava se debatendo contra as vidraças. Deixei a vassoura separada, amarrei os cadarços. Dentro do bolso, embalei aquela miudeza feito uma moeda que já tivesse passado por muitos comércios. Tudo estava no jeito. Sabia o que vinha a seguir e por isso meus olhos alagavam antes mesmo de chegar na Figueira.

No quintal, fui andando acanhado, tentando atrasar minha ida. Um vento bom esbarrava na minha testa. Atrás dos morros, o sol se deitava feito um tomate machucado. Tudo embaçado na viração daquele vermelho. Espremendo meus olhos bichados, eu me detinha sobre as coisas sortidas em cima dos canteiros. Quem me dera. Na verdade, eram elas que me encaravam, cerimoniosas, abrindo alas. Eu cumprimentava cada uma com os ombros baixos porque achei que assim devia ser: a sua licença, Botina de Pneu Carcomida, a sua licença, Embalagem de Chocolate Meio Amargo, a sua licença, Presilha em Formato de Lua, a sua licença, Balaio de Cobre, me dá sua licença, Tampa de Caixa-d'Água.

Quando cheguei diante de meu mano, seu queixo estava afundado para dentro. Nas pálpebras, eu confundia o que era remela e musgo. Qualquer palavra aqui seria desleal. Em silêncio, fui tirando a mão do bolso até estender a palma no alcance da sua vista. Lá estava, minúsculo, cru e sem quilate: o grão de arroz com meu nome escrito.

Fui aproximando o grão até parar perto da boca de meu mano. Ele não foi tempestuoso, mas cerrou os lábios com força. Ia negando com a cabeça conforme eu tentava espremer o grão ali, como um interno que recusa os seus comprimidos. Quando me dei conta, dois córregos murchos escorriam pelas suas maçãs do rosto. Como o Tigre e o Eufrates, ouvi dizer, como o Crescente Fértil. Descansei a mão sobre o rosto de Simão. Ferino, arredio: o mistério do mundo.

Nisso os beiços cederam e eu visitei seu céu da boca. Senti sua língua desarrumada como um lençol de domingo. Esqueci o arroz ali. A seco, vi meu nome se desentalando no seu pomo de adão, escorrendo por toda sua garganta.

Beijo as pálpebras de meu mano.

O que passou depois foi de um esforço hercúleo. Repare bem. Considerei o rosto de Simão uma última vez. Estava cheio como uma véspera. Depois, virei as costas calando um adeus. Senti que o mundo formigava na minha nuca.

VIM. Já com a vassoura debaixo do braço, parei por um instante no limite da cerca. Não me intimidei ao ver como a paisagem era truculenta porque interminável. Para compensar, as mamonas retornaram e agora pendem dos cachos muito ariscas. Casa suja, chão sujo. Pela primeira vez consegui dizer sem gaguejar esse que Simão julgava o mais difícil dos trava-línguas. Eu rendi um rapaz e tanto, meu mano. Você ia gostar de ver. Daqui pra frente seria assim. Eu e minhas vassouras, eu e minhas farinhas. Me enfurnando pelos baldios e pelos brejos, fazendo questão de varrer o mundo. E não importava que isso significasse teimar com certos impossíveis. Que arrastando a sujeira para um lado, eu fatalmente traria ela para o outro. E assim de novo e de novo. Encavalando os horários, ofertando meus calos, comentando automóveis que passam lá longe ou como de uns dias para cá o céu tem se armado. Se bobear, eu até me descubro aos assovios. Bem distraído. E na pausa entre uma braçada e outra, irei murmurar coisas do tipo: tudo isso aqui era mato. Que pelo menos meu desmando seja esse. Vim. Porque a terra, a terra está deslavada.

Agradecimentos

Escrevo o nome de
Lucília
Arquilau
Luiza
Franscisco
Bethânia
Ana
Mariana
Maria Isabel
Marcelino
Rita
Julia
Edimilson
Andrea

Que gentilmente acolheram e fizeram possíveis as palavras
deste livro

A marca FSC® é a garantia de que a madeira utilizada na fabricação do papel deste livro provém de florestas gerenciadas de maneira ambientalmente correta, socialmente justa e economicamente viável e de outras fontes de origem controlada.

Copyright © 2025 Caetano Romão

Todos os direitos reservados. Nenhuma parte desta obra pode ser reproduzida, arquivada ou transmitida de nenhuma forma ou por nenhum meio sem a permissão expressa e por escrito da Editora Fósforo.

DIRETORAS EDITORIAIS Fernanda Diamant e Rita Mattar
EDITORA Eloah Pina
ASSISTENTE EDITORIAL Rodrigo Sampaio
PREPARAÇÃO Sheyla Miranda
REVISÃO Renato Ritto e Eduardo Russo
DIRETORA DE ARTE Julia Monteiro
CAPA Marcelo Tolentino
PROJETO GRÁFICO Alles Blau
EDITORAÇÃO ELETRÔNICA Página Viva

CIP-BRASIL. CATALOGAÇÃO NA PUBLICAÇÃO
SINDICATO NACIONAL DOS EDITORES DE LIVROS, RJ

R668e

Romão, Caetano, 1997-
  Escrevo seu nome no arroz / Caetano Romão. — 1. ed. — São Paulo : Fósforo, 2025.

  ISBN: 978-65-6000-076-6

  1. Ficção brasileira. I. Título.

24-95159

CDD: 869.3
CDU: 82-3(81)

Gabriela Faray Ferreira Lopes — Bibliotecária — CRB-7/6643

Editora Fósforo
Rua 24 de Maio, 270/276
10º andar, salas 1 e 2 — República
01041-001 — São Paulo, SP, Brasil
Tel: (11) 3224.2055
contato@fosforoeditora.com.br
www.fosforoeditora.com.br

Este livro foi composto em GT Alpina e
GT Flexa e impresso pela Ipsis em papel
Golden Paper 80 g/m² para a Editora
Fósforo em fevereiro de 2025.